David Foenkinos

La délicatesse

Gallimard

David Foenkinos est l'auteur de treize romans dont *Le potentiel érotique de ma femme*, *Nos séparations*, *Les souvenirs*, *Je vais mieux* et *Charlotte*. Ses romans sont traduits dans une quarantaine de langues. *La délicatesse*, paru en 2009, a obtenu dix prix littéraires. En 2011, avec son frère Stéphane, il en a réalisé une adaptation cinématographique avec Audrey Tautou et François Damiens.

Je ne saurais me réconcilier avec les choses, chaque instant dût-il s'arracher au temps pour me donner un baiser.

CIORAN

1

Nathalie était plutôt discrète (une sorte de féminité suisse). Elle avait traversé l'adolescence sans heurt, respectant les passages piétons. À vingt ans, elle envisageait l'avenir comme une promesse. Elle aimait rire, elle aimait lire. Deux occupations rarement simultanées puisqu'elle préférait les histoires tristes. L'orientation littéraire n'étant pas assez concrète à son goût, elle avait décidé de poursuivre des études d'économie. Sous ses airs de rêveuse, elle laissait peu de place à l'à-peu-près. Elle restait des heures à observer des courbes sur l'évolution du PIB en Estonie, un étrange sourire sur le visage. Au moment où la vie d'adulte s'annonçait, il lui arrivait parfois de repenser à son enfance. Des instants de bonheur ramassés en quelques épisodes, toujours les mêmes. Elle courait sur une plage, elle montait dans un avion, elle dormait dans les bras de son père. Mais elle ne ressentait aucune nostalgie, jamais. Ce qui était assez rare pour une Nathalie [1].

1. Il y a souvent une nette tendance à la nostalgie chez les Nathalie.

2

La plupart des couples adorent se raconter des histoires, penser que leur rencontre revêt un caractère exceptionnel, et ces innombrables unions qui se forment dans la banalité la plus totale sont souvent enrichies de détails offrant, tout de même, une petite extase. Finalement, on cherche l'exégèse en toute chose.

Nathalie et François se sont rencontrés dans la rue. C'est toujours délicat un homme qui aborde une femme. Elle se demande forcément : « Est-ce qu'il ne passe pas son temps à faire ça ? » Les hommes disent souvent que c'est la première fois. À les écouter, ils sont soudain frappés par une grâce inédite leur permettant de braver une timidité de toujours. Les femmes répondent, d'une manière automatique, qu'elles n'ont pas le temps. Nathalie ne dérogea pas à cette règle. C'était idiot : elle n'avait pas grand-chose à faire, et aimait l'idée d'être ainsi accostée. Personne n'osait jamais. Elle s'était plusieurs fois posé la question : ai-je l'air trop boudeuse ou trop paresseuse ? Une de ses amies lui avait dit : personne ne t'arrête jamais, car tu as l'allure d'une femme poursuivie par le temps qui passe.

Quand un homme vient voir une inconnue, c'est pour lui dire de jolies choses. Existe-t-il, ce kamikaze

masculin qui arrêterait une femme pour asséner :
« Comment faites-vous pour porter ces chaussures ?
Vos orteils sont comme dans un goulag. C'est une
honte, vous êtes la Staline de vos pieds ! » Qui pourrait dire ça ? Certainement pas François, sagement
rangé du côté des compliments. Il tenta de définir la
chose la moins définissable qui soit : le trouble. Pourquoi l'avait-il arrêtée elle ? Il s'agissait surtout de sa
démarche. Il avait senti quelque chose de nouveau, de
presque enfantin, comme une rhapsodie des rotules.
Il émanait d'elle une sorte de naturel émouvant, une
grâce dans le mouvement, et il pensa : elle est exactement le genre de femme avec qui je voudrais partir
en week-end à Genève. Alors, il prit son courage à
deux mains — et il aurait même aimé en avoir quatre
à cet instant. Surtout que pour lui, c'était vraiment la
première fois. Ici et maintenant, sur ce trottoir, ils se
rencontraient. Une entrée en matière absolument
classique, qui détermine souvent le début des choses
qui le sont moins, par la suite.

Il avait balbutié les premiers mots, et subitement
tout était venu, d'une manière limpide. Ses paroles
avaient été propulsées par cette énergie un peu pathétique, mais si touchante, du désespoir. C'est bien la
magie de nos paradoxes : la situation était tellement
inconfortable qu'il s'en sortait avec élégance. Au bout
de trente secondes, il parvint même à la faire sourire.
C'était une brèche dans l'anonymat. Elle accepta de
prendre un café et il comprit qu'elle n'était pas du tout
pressée. Il trouvait cela si étonnant de pouvoir ainsi
passer un moment avec une femme qui venait à peine
d'entrer dans son champ de vision. Il avait toujours

aimé regarder les femmes dans la rue. Il se souvenait même avoir été une sorte d'adolescent romantique capable de suivre des jeunes filles de bonne famille jusqu'à la porte de leur appartement. Dans le métro, il lui arrivait de changer de wagon, pour être près d'une passagère qu'il avait repérée au loin. Soumis à la dictature de la sensualité, il n'en demeurait pas moins un homme romantique, pensant que le monde des femmes pouvait se réduire à une femme.

Il lui demanda ce qu'elle voulait boire. Son choix serait déterminant. Il pensa : si elle commande un déca, je me lève, et je m'en vais. On n'avait pas le droit de boire un déca à ce genre de rendez-vous. C'est la boisson la moins conviviale qui soit. Un thé, ce n'est guère mieux. À peine rencontrés et déjà s'installe une sorte de cocon un peu mou. On sent qu'on va passer des dimanches après-midi à regarder la télévision. Ou pire : chez les beaux-parents. Oui, le thé c'est incontestablement une ambiance de belle-famille. Alors quoi ? De l'alcool ? Non, ce n'est pas bien à cette heure-ci. On pourrait avoir peur d'une femme qui se met à boire comme ça, d'un coup. Même un verre de vin rouge ne passerait pas. François continuait d'attendre qu'elle choisisse ce qu'elle allait boire, et il poursuivait ainsi son analyse liquide de la première impression féminine. Que restait-il maintenant ? Le Coca-Cola, ou tout autre type de soda… non, pas possible, cela ne faisait pas du tout femme. Autant demander une paille aussi, tant qu'elle y était. Finalement, il se dit qu'un jus, ça serait bien. Oui un jus, c'est sympathique. C'est convivial et pas trop agressif. On sent la fille douce et équilibrée. Mais quel jus ? Mieux vaut esquiver les grands classiques : évitons la pomme ou l'orange, trop vu. Il faut être un tout petit peu original, sans être toutefois excentrique. La papaye ou la goyave, ça fait peur. Non, le mieux, c'est de choisir un entre-deux, comme l'abricot. Voilà, c'est ça. Le jus d'abricot, c'est parfait. Si elle choisit ça, je l'épouse, pensa François. À cet instant précis, Nathalie releva la tête de la carte, comme si elle revenait d'une longue réflexion. La même réflexion que venait de mener l'inconnu face à elle.

« Je vais prendre un jus...

— ... ?

— Un jus d'abricot, je crois. »

Il la regarda comme si elle était une effraction de la réalité.

Si elle avait accepté d'aller s'asseoir avec cet inconnu, c'est qu'elle était tombée sous le charme. Immédiatement, elle avait aimé ce mélange de maladresse et d'évidence, une attitude perdue entre Pierre Richard et Marlon Brando. Physiquement, il avait quelque chose qu'elle appréciait chez les hommes : un léger strabisme. Très léger, et pourtant visible. Oui, c'était étonnant de retrouver ce détail chez lui. Et puis il s'appelait François. Elle avait toujours aimé ce prénom. C'était élégant et calme comme l'idée qu'elle se faisait des années 50. Il parlait maintenant, avec de plus en plus d'aisance. Il n'y avait aucun blanc entre eux, pas de gêne, pas de tension. En dix minutes, la scène initiale de l'abordage dans la rue était oubliée. Ils avaient l'impression de s'être déjà rencontrés, de se voir parce qu'ils avaient rendez-vous. C'était d'une simplicité déconcertante. D'une simplicité qui déconcertait tous les autres rendez-vous d'avant, quand il fallait parler, essayer d'être drôle, faire des efforts pour paraître quelqu'un de bien. Leur évidence devenait presque risible. Nathalie regardait ce garçon qui n'était plus un inconnu, dont les particules de l'anonymat s'effaçaient progressivement sous ses yeux. Elle essayait de se rappeler où elle allait au moment où elle l'avait rencontré. C'était flou. Elle n'était pas du genre à se promener sans but. Ne voulait-elle pas marcher dans les traces de ce roman de Cortázar qu'elle venait de lire ? La littérature était là, maintenant, entre eux. Oui c'était ça, elle avait lu *Marelle*, et avait particulièrement aimé ces scènes où les héros tentent de se croiser dans la rue, alors qu'ils arpentent *des itinéraires nés de la phrase d'un clochard*. Le soir, ils refaisaient leur parcours sur une carte, pour voir à quel moment ils auraient pu se rencontrer, à quels moments ils avaient sûrement dû se frôler. Voilà où elle allait : dans un roman.

3

Les trois livres préférés de Nathalie

Belle du seigneur, d'Albert Cohen

*

L'Amant, de Marguerite Duras

*

La Séparation, de Dan Franck

4

François travaillait dans la finance. Il suffisait de passer cinq minutes en sa compagnie pour trouver cela aussi incongru que la vocation commerciale de Nathalie. Il y a peut-être une dictature du concret qui contrarie en permanence les vocations. Cela étant dit, difficile d'imaginer ce qu'il aurait pu faire d'autre. Bien que nous l'ayons vu presque timide au moment de rencontrer Nathalie, c'était un homme plein de vitalité, débordant d'idées et d'énergie. Passionné, il aurait pu faire n'importe quel métier, même représentant en cravates. C'était un homme qu'on imaginait si bien avec une valise, serrant des mains en espérant serrer des cous. Il possédait le charme énervant de ces gens qui peuvent vous vendre n'importe quoi. Avec lui, on partirait faire du ski en été, et nager dans des lacs islandais. Il était le genre d'homme à aborder une seule fois une femme dans la rue, et tomber sur la bonne. Tout semblait lui réussir. Alors la finance, pourquoi pas. Il faisait partie de ces apprentis traders qui jouent des millions avec le souvenir récent de leurs parties de Monopoly. Mais dès qu'il quittait sa banque, il était un autre homme. Le CAC 40 restait dans sa tour. Son métier ne l'avait pas empêché de continuer à vivre ses passions. Il aimait plus que tout faire des puzzles. Cela pouvait paraître étrange, mais rien ne canalisait davantage son bouillonnement que de passer certains samedis à assembler des milliers de morceaux. Nathalie aimait observer son fiancé accroupi dans le salon. Un spectacle silencieux. Subitement, il se levait et criait : « Allez viens, on sort ! » Voilà, c'est la dernière chose qu'il faut préciser. Il n'était pas amateur de transitions. Il aimait les ruptures, passer du silence à la fureur.

Avec François, le temps filait à une allure démentielle. On aurait pu croire qu'il avait la capacité de sauter des jours, de créer des semaines baroques sans jeudi. À peine s'étaient-ils rencontrés qu'ils fêtaient déjà leurs deux ans. Deux années sans le moindre nuage, de quoi déconcerter tous les casseurs d'assiettes. On les regardait comme on admire un champion. Ils étaient le maillot jaune de l'amour. Nathalie poursuivait brillamment ses études tout en essayant d'alléger le quotidien de François. Le fait d'avoir choisi un homme un tout petit peu plus âgé qu'elle, qui avait déjà une situation professionnelle, lui avait permis de quitter le domicile familial. Mais ne voulant pas vivre à ses crochets, elle avait décidé de travailler quelques soirs par semaine comme ouvreuse dans un théâtre. Elle était heureuse de cet emploi qui contrebalançait l'ambiance un peu austère de l'université. Une fois les spectateurs installés, elle prenait place au fond de la salle. Assise, elle regardait un spectacle qu'elle connaissait par cœur. Remuant les lèvres au même rythme que les actrices, elle saluait le public au moment des applaudissements. Avant de vendre le programme.

Connaissant parfaitement les pièces, elle s'amusait à truffer son quotidien de dialogues, à arpenter le salon en miaulant que le petit chat était mort. Ces derniers soirs, il s'agissait de *Lorenzaccio* de Musset qu'elle jouait en lançant par-ci par-là des répliques dans le désordre, dans une parfaite incohérence. « Viens par ici, le Hongrois a raison. » Ou encore : « Qui est là dans la boue ? Qui se traîne aux murailles de mon palais avec ces cris épouvantables ? » Voilà ce qu'entendait François, ce jour-là, alors qu'il tentait de se concentrer :

« Est-ce que tu peux faire un peu moins de bruit ? demanda-t-il.

— Oui d'accord.

— Je suis en train de faire un puzzle très important. »

Alors Nathalie se fit discrète, respectant l'application de son fiancé. Ce puzzle paraissait différent des autres. On n'y voyait pas de motifs, pas de châteaux, pas de personnages. Il s'agissait d'un fond blanc sur lequel se détachaient des boucles rouges. Des boucles qui se révélaient être des lettres. C'était un message sous forme de puzzle. Nathalie lâcha le livre qu'elle venait d'ouvrir, pour observer l'avancée du puzzle. François tournait, de temps à autre, la tête vers elle. Le spectacle de la révélation progressait vers son dénouement. Il ne restait que quelques pièces, et déjà Nathalie pouvait deviner son message, un message construit avec minutie, à l'aide de centaines de pièces. Oui, elle pouvait lire maintenant ce qui était écrit : « Veux-tu devenir ma femme ? »

5

*Podium du championnat du monde de puzzle
qui se déroula à Minsk
du 27 octobre au 1er novembre 2008*

1. Ulrich Voigt - Allemagne : 1 464 points.
2. Mehmet Murat Sevim - Turquie : 1 266 points.
3. Roger Barkan - États-Unis : 1 241 points.

6

Pour ne gêner en rien cette belle mécanique, la fête fut très réussie. Une fête simple et douce, ni extravagante ni sobre. Il y avait une bouteille de champagne par invité, c'était pratique. La bonne humeur était réelle. On se doit d'être festif à un mariage. Beaucoup plus qu'à un anniversaire. Il y a une hiérarchie de l'obligation de la joie, et le mariage est au sommet de cette pyramide. Il faut sourire, il faut danser et, plus tard, il faut pousser les vieux à aller se coucher. N'oublions pas de préciser la beauté de Nathalie qui avait travaillé son apparition, dans un mouvement ascendant, préparant depuis des semaines son poids et sa mine. Préparation parfaitement maîtrisée : elle était à l'acmé de sa beauté. Il fallait figer cet instant unique, comme Armstrong avait planté le drapeau américain sur la Lune. François l'observa avec émotion, et c'est lui qui figea dans sa mémoire, mieux que tous, ce moment. Sa femme était devant lui, et il savait que c'était cette image qui passerait devant ses yeux au moment de sa mort. Il en était ainsi du bonheur suprême. Elle se leva alors pour prendre le micro, et chanta un air des Beatles [1]. François était fou de John Lennon. Il s'était d'ailleurs habillé en blanc pour lui rendre hommage. Ainsi, quand les mariés dansaient, la blancheur de l'un s'oubliait dans la blancheur de l'autre.

Malheureusement, il se mit à pleuvoir. Cela empêcherait les invités de respirer sous le ciel, de contempler les étoiles en location. Dans ces cas-là, les gens adorent dire des dictons ridicules, en l'occurrence : « Mariage pluvieux, mariage heureux. » Pourquoi est-on soumis en permanence à ce genre de phrases absurdes ? Bien sûr que ce n'était pas grave. Il pleuvait, et c'était juste un peu triste, voilà tout. La soirée n'avait plus la même ampleur, amputée de ses temps de respirations à l'extérieur. On étoufferait vite à observer la pluie tomber avec de plus en plus d'intensité. Certains partiraient plus tôt que prévu. D'autres continueraient de danser, de la même manière que s'il eût neigé. D'autres encore hésiteraient. Était-ce vraiment important pour les mariés ? Vient une heure dans le bonheur où l'on est seul dans la foule. Oui, ils étaient seuls dans le tour-

1. *Here, There and Everywhere* (1966).

billon des mélodies et des valses. Il faut tourner le plus longtemps possible, disait-il, tourner à ne plus savoir où aller. Elle ne pensait plus à rien. La vie était pour la première fois vécue dans sa densité unique et totalitaire : celle du présent.

François attrapa Nathalie par la taille pour l'entraîner dehors. Ils traversèrent le jardin en courant. Elle lui dit « tu es fou », mais c'était une folie qui la rendait folle de joie. Trempés, ils étaient maintenant dissimulés par des arbres. Dans la nuit, sous la pluie, ils s'allongèrent à même le sol qui devenait boueux. Le blanc de leurs vêtements n'était plus qu'un souvenir. François souleva la robe de sa femme, admettant que c'était ce qu'il voulait faire depuis le début de la soirée. Il aurait pu le faire à l'église même. Une façon immédiate de glorifier les deux « oui ». Il avait retenu son désir, jusqu'à cet instant. Nathalie fut surprise de son intensité. Elle ne réfléchissait plus depuis un moment déjà. Elle suivait son mari, tentant de respirer correctement, tentant de ne pas se laisser emporter par un tel ravage. Son désir suivait celui de François. Elle avait tellement envie qu'il la prenne maintenant, dans leur première nuit de mari et femme. Elle attendait, elle attendait, et François brassait du vent, François était dans une énergie folle, un appétit démesuré de jouissance. Seulement, au moment de la pénétrer, il se sentit paralysé. Une angoisse qui aurait pu s'apparenter à la peur d'un bonheur trop vif, mais non, c'était autre chose, autre chose qui l'encombrait à cet instant. Et qui l'empêchait de continuer. « Que se passe-t-il ? » lui demanda t-elle. Et il répondit :

« Rien… rien… c'est juste la première fois que je fais l'amour avec une femme mariée. »

7

Exemples de dictons ridicules
que les gens adorent répéter

Une de perdue, dix de retrouvées.
*
Pour vivre heureux, vivons cachés.
*
Femme qui rit, à moitié dans son lit.

8

Ils étaient partis en voyage de noces, ils avaient pris des photos, et ils étaient revenus. Il fallait maintenant entamer la partie réelle de la vie. Nathalie avait terminé ses études depuis plus de six mois. Jusqu'à présent, elle avait utilisé l'alibi de la préparation du mariage pour ne pas chercher de travail. Organiser un mariage, c'est comme former un gouvernement après une guerre. Et que fait-on des collabos ? Tant de complexité qui justifie ce temps utilisé à ne faire que ça. Enfin, ce n'était pas tout à fait la vérité. Elle avait surtout voulu passer du temps pour elle, du temps pour lire, pour flâner, comme si elle avait su que ce temps-là, elle ne pourrait plus l'avoir par la suite. Qu'elle serait happée par la vie professionnelle, et sûrement sa vie d'épouse.

Il était temps de passer des entretiens. Après quelques essais, elle se rendit compte que ce ne serait pas si simple. La vie normale, c'était donc ça ? Elle pensait pourtant avoir décroché un diplôme reconnu, et l'expérience de quelques stages importants où elle ne s'était pas cantonnée à servir des cafés entre deux photocopies. Elle avait rendez-vous pour un emploi dans une entreprise suédoise. Elle fut surprise d'être reçue directement par le patron, et non par le directeur des ressources humaines. En matière de recrutement, il voulait tout contrôler. Ce fut sa version officielle. La vérité était bien plus pragmatique : il était passé dans le bureau du DRH, et avait vu la photo sur le CV de Nathalie. C'était une photo assez étrange : on ne pouvait pas vraiment donner d'appréciation sur son physique. Bien sûr, on se doutait qu'elle n'était pas dépourvue de beauté, mais ce n'était pas ce qui avait attiré l'œil du patron. C'était autre chose. Quelque chose qu'il n'arrivait pas vraiment à définir, et qui ressemblait davantage à une sensation : la sagesse. Oui, c'était ce qu'il avait ressenti. Il trouvait que cette femme semblait sage.

Charles Delamain n'était pas suédois. Mais il suffisait d'entrer dans son bureau pour se demander s'il n'avait pas pour ambition de le devenir, sûrement pour plaire à ses actionnaires. Sur un meuble Ikea, on pouvait voir une assiette avec quelques petits pains qui font beaucoup de miettes.

« J'ai découvert votre parcours avec grand intérêt… et…

— Oui ?

— Vous portez une alliance. Vous êtes mariée ?

— Euh… oui. »

Il y eut un blanc. Charles avait regardé plusieurs fois le CV de cette jeune femme, et il n'avait pas vu qu'elle était mariée. Au moment où elle dit « oui », il jeta à nouveau un coup d'œil sur le CV. Elle était effectivement mariée. C'était comme si la photo avait brouillé dans son cerveau la situation personnelle de cette femme. Après tout, était-ce vraiment important ? Il fallait continuer l'entretien pour ne pas laisser la moindre gêne se propager.

« Et vous comptez avoir des enfants ? reprit-il.

— Pas pour le moment », répondit Nathalie sans la moindre hésitation.

Cette question pouvait paraître absolument naturelle lors d'un entretien d'embauche avec une jeune femme qui vient de se marier. Mais elle sentit quelque chose de différent, sans être vraiment capable de le définir. Charles avait cessé de parler, et la dévisageait. Finalement, il se leva, et prit une biscotte.

« Vous voulez un Krisprolls ?

— Non merci.

— Vous devriez.

— C'est gentil mais je n'ai pas faim.

— Vous devriez vous habituer. On ne mange que ça ici.

— Vous voulez dire… que… ?

— Oui. »

9

Nathalie avait parfois l'impression que les gens enviaient son bonheur. C'était diffus, rien de vraiment concret, juste un sentiment passager. Mais elle le ressentait. À travers des détails, des sourires à peine marqués mais qui en disaient long, des façons de la regarder. Personne ne pouvait imaginer qu'il lui arrivait d'avoir peur de ce bonheur, peur qu'il puisse contenir la menace du malheur. Il lui arrivait de se reprendre quand elle disait : « Je suis heureuse », sorte de superstition, sorte de souvenir de tous ces moments où la vie avait finalement penché du mauvais côté.

La famille et les amis présents au mariage formaient ce qu'on pouvait appeler le *premier cercle de la pression sociale*. Pression qui demandait la naissance d'un enfant. Fallait-il qu'ils s'ennuient à ce point dans leur vie pour s'exciter sur celle des autres ? C'est toujours ainsi. On vit sous le diktat des désirs des autres. Nathalie et François ne voulaient pas devenir un feuilleton pour leur entourage. Pour l'instant, ils aimaient l'idée d'être deux, seuls au monde, dans le plus parfait cliché de l'aisance sentimentale. Ils avaient vécu depuis leur rencontre, dans un élan de liberté absolue. Adorant les voyages, profitant du moindre week-end ensoleillé, ils avaient parcouru l'Europe avec une innocence romantique. Des témoins de leur amour auraient pu les voir à

Rome, à Lisbonne ou encore à Berlin. Ils avaient eu le sentiment de s'unir plus que jamais en s'éparpillant. Ces voyages traduisaient aussi chez eux un réel sens du romanesque. Ils raffolaient des soirées où ils se racontaient à nouveau leur rencontre, se remémorant les détails avec plaisir, se glorifiant de la justesse du hasard. Ils étaient, en matière de mythologie de leur amour, comme des enfants à qui l'on raconte inlassablement la même histoire.

Alors oui, ce bonheur pouvait faire peur.

Le quotidien ne les avait pas entamés. Travaillant de plus en plus tous les deux, ils faisaient en sorte de se retrouver. De déjeuner ensemble, même rapidement. De déjeuner « sur le pouce » comme disait François. Et Nathalie aimait cette expression. Elle imaginait un tableau moderne, représentant un couple en train de déjeuner sur un pouce, comme il y avait eu un déjeuner sur l'herbe. Voilà un tableau que Dalí aurait pu faire, avait-elle dit. Il y a parfois des phrases qu'on adore, qu'on trouve sublimes, alors que celui qui les a prononcées ne s'est rendu compte de rien. François aimait cette possibilité d'un tableau de Dalí, aimait que sa femme puisse inventer, et modifier même, l'histoire de la peinture. C'était une forme de naïveté poussée à l'extrême. Il souffla qu'il avait envie d'elle maintenant, envie de la prendre quelque part, n'importe où. Ce n'était pas possible, elle devait partir. Alors il attendrait jusqu'au soir et se jetterait sur elle avec le désir accumulé des heures passées dans la frustration. Leur vie sexuelle, avec le temps, ne semblait pas s'affadir. Quelque chose de rare : il y avait encore dans chaque jour entre eux des traces de leur premier jour.

Ils tentaient aussi de garder une vie sociale, de continuer à voir des amis, à aller au théâtre, à faire des visites surprises à leurs grands-parents. Ils tentaient de ne pas se laisser enfermer. De déjouer le piège de la lassitude. Les années passèrent ainsi, et tout paraissait si simple. Alors que les autres faisaient des efforts. Nathalie ne comprenait pas cette expression : « Un couple, ça se travaille. » Les choses étaient simples ou elles ne l'étaient pas, selon elle. C'est bien facile de penser cela quand tout est rond, quand il n'y a jamais de vagues. Enfin si, quelquefois. Mais c'était à se demander s'ils ne se disputaient pas simplement pour le plaisir de la réconciliation. Alors quoi ? Cela devenait presque inquiétant tant de réussite. Le temps passait sur cette facilité, sur cette rare habileté des vivants.

10

*Prochaines destinations envisagées
par Nathalie et François*

Barcelone

*

Miami

*

La Baule

Il suffit de respirer pour que le temps passe. Cela faisait déjà cinq ans que Nathalie travaillait dans son entreprise suédoise. Cinq ans d'actions en tous genres, d'allers-retours dans les couloirs et l'ascenseur. Pas loin de l'équivalent d'un Paris-Moscou. Cinq ans et mille deux cents douze cafés bus à la machine. Dont trois cent vingt-quatre pendant les quatre cent vingt rendez-vous organisés avec des clients. Charles était très heureux de la compter parmi ses proches collaborateurs. Il n'était pas rare qu'il l'appelle dans son bureau juste pour la féliciter. Certes, il agissait ainsi, de préférence le soir. Quand tout le monde était parti. Mais ce n'était pas grossier. Il éprouvait beaucoup de tendresse pour elle, et appréciait ces moments où ils se retrouvaient seuls. Bien sûr, il tentait de créer un terrain propice à l'ambiguïté. Nulle autre femme n'aurait été dupe d'un tel manège, mais Nathalie vivait dans l'étrange vapeur de la monogamie. De l'amour, pardon. De cet amour qui anéantit tous les autres hommes, mais également toute vision objective des tentatives de séduction. Charles s'en amusait, et pensait à ce François comme à un mythe. Peut-être aussi cette façon qu'elle avait de ne jamais être dans la séduction lui apparaissait comme une sorte de défi. Il arriverait forcément à créer un jour ou l'autre un terrain trouble entre eux, fût-il minime. Parfois, il changeait radicalement d'attitude, et regrettait de l'avoir embauchée. La contemplation quotidienne de cette féminité inaccessible l'épuisait.

La relation de Nathalie avec le patron, que les autres jugeaient privilégiée, créait des tensions. Elle tentait de les apaiser, de ne pas entrer dans les petites mesquineries de la vie de bureau. Si elle gardait ses distances avec Charles, c'était aussi pour cette raison. Pour ne pas se couler dans le rôle suranné de la favorite. Son élégance et son aura auprès du patron devaient peut-être la rendre encore plus exigeante. C'est ce qu'elle ressentait, sans savoir si c'était justifié. Tout le monde s'accordait pour prédire un grand avenir dans la société à cette jeune femme brillante, énergique et travailleuse. À plusieurs reprises, les actionnaires suédois avaient eu vent de ses excellentes initiatives. Les jalousies qu'elle suscitait se matérialisaient par des coups bas. Des tentatives pour la déstabiliser. Elle ne se plaignait pas, n'était jamais du genre à geindre le soir, quand elle retrouvait François. C'était aussi une façon de dire que le petit cirque des ambitions n'avait pas plus d'importance que ça. Cette capacité à laisser glisser les problèmes sur soi passait pour de la force. C'était peut-être sa plus belle aptitude : celle de ne pas laisser affleurer ses faiblesses.

12

Distance entre Paris et Moscou

2 478 kilomètres

13

Le week-end, Nathalie était souvent épuisée. Le dimanche, elle aimait lire, allongée sur le canapé, tentant d'alterner les pages et les rêves quand la somnolence l'emportait sur la fiction. Elle s'installait une couverture sur les jambes, et que dire d'autre : ah oui, elle aimait préparer une théière qu'elle buvait en plusieurs tasses, par petites gorgées, comme si le thé était une source infinie. Ce dimanche-là, où tout arriva, elle lisait une longue histoire russe, un écrivain qu'on lit moins que Tolstoï ou Dostoïevski, et qui peut faire réfléchir à l'injustice de la postérité. Elle aimait la mollesse du héros, son incapacité à agir, à marquer de son énergie le quotidien. Il y avait de la tristesse dans cette faiblesse-là. Comme pour le thé, elle aimait les romans-fleuves.

François passa près d'elle : « Tu lis quoi ? » Elle dit que c'était un auteur russe, mais elle ne précisa pas, car il lui sembla qu'il n'avait posé la question que par politesse, mécaniquement. C'était dimanche. Elle aimait lire, il aimait courir. Il portait ce short qu'elle trouvait un peu ridicule. Elle ne pouvait pas savoir qu'elle le voyait pour la dernière fois. Il sautillait partout. Il avait cette façon de toujours vouloir s'échauffer dans leur salon, de souffler fort avant de partir, comme pour laisser un grand vide après lui. Ce serait réussi, c'est certain. Avant de partir, il se pencha vers sa femme, et lui dit quelque chose. Étrangement, elle ne se souviendrait pas de ces mots. Leur dernier échange se volatiliserait. Et puis elle s'endormit.

Quand elle se réveilla, il lui fut difficile de savoir combien de temps elle s'était assoupie. Dix minutes ou une heure ? Elle se resservit un peu de thé. Il était encore chaud. C'était une indication. Rien ne semblait avoir changé. C'était exactement la même situation qu'avant son endormissement. Oui, tout était identique. Le téléphone sonna pendant ce retour à l'identique. Le bruit de la sonnerie se mélangea à la vapeur du thé, en une étrange concordance des sensations. Nathalie décrocha. Une seconde plus tard, sa vie n'était plus la même. Instinctivement, elle mit un marque-page dans son livre, et se précipita dehors.

14

En arrivant dans le hall de l'hôpital, elle ne sut que dire, que faire. Elle resta sans bouger un long moment. À l'accueil, on lui indiqua finalement où trouver son mari, et elle le découvrit allongé. Immobile. Elle pensa : on dirait qu'il dort. Il ne bouge jamais la nuit. Et là, à cet instant, c'était juste une nuit comme une autre.

« Quelles sont ses chances ? demanda Nathalie au médecin.

— Minimes.

— Ça veut dire quoi minimes ? Est-ce que minimes, c'est aucune ? Dans ce cas-là, dites-moi que c'est aucune.

— Je ne peux pas vous le dire, madame. La chance est infime. On ne sait jamais.

— Mais si, vous devez savoir ! C'est votre métier de savoir ! »

Elle avait crié cette phrase de toutes ses forces. Plusieurs fois. Puis elle s'était arrêtée. Elle avait alors fixé le médecin, lui aussi immobile, tétanisé. Il avait assisté à de nombreuses scènes dramatiques. Mais là, sans pouvoir expliquer pourquoi, il sentait comme un degré supérieur dans la hiérarchie du drame. Il contemplait le visage de cette femme, tordue par la douleur. Incapable de pleurer tant le mal l'asséchait. Elle avança vers lui, perdue et absente. Avant de s'effondrer.

Quand elle revint à elle, elle vit ses parents. Ainsi que ceux de François. Un instant auparavant, elle était en train de lire, et voilà qu'elle n'était plus chez elle. La réalité se recomposa. Elle voulut faire marche arrière dans le sommeil, faire marche arrière dans le dimanche. Ce n'était pas possible. Ce n'était pas possible, voilà ce qu'elle ne cessait de répéter dans une litanie hallucinatoire. On lui expliqua qu'il était dans le coma. Que rien n'était perdu, mais elle sentait bien que tout était fini. Elle le savait. Elle n'avait pas le courage de se battre. Pour quoi faire ? Le maintenir en vie une semaine. Et après ? Elle l'avait vu. Elle avait vu son immobilité. On ne revient pas d'une telle immobilité. On reste ainsi à jamais.

On lui donna des calmants. Tout et tout le monde autour d'elle était effondré. Et il fallait parler. Se réconforter. C'était au-dessus de ses forces.

« Je vais rester près de lui. Le veiller.

— Non, ça ne sert à rien. Il vaut mieux que tu rentres te reposer un peu, lui dit sa mère.

— Je ne veux pas me reposer. Je dois rester là, je dois rester là. »

En disant cela, elle fut près de défaillir. Le docteur tenta de la convaincre de suivre ses parents. Elle demanda : « Mais s'il se réveille, et que je ne suis pas là ? » Il y eut alors un silence gêné. Personne ne pouvait croire à son réveil. On tenta, illusion, de la rassurer : « On vous préviendra aussitôt, mais là, il est vraiment préférable que vous vous reposiez un peu. » Nathalie ne répondit pas. Chacun la poussait à s'allonger, à suivre le mouvement horizontal. Elle partit alors avec ses parents. Sa mère prépara un bouillon qu'elle ne put avaler. Elle prit à nouveau deux cachets, et tomba sur son lit. Dans sa chambre, celle de son enfance. Ce matin encore, elle était une femme. Et elle s'endormait maintenant comme une petite fille.

*Possibilités de phrases dites par François,
avant de partir courir*

Je t'aime.
*
Je t'adore.
*
Après le sport, le réconfort.
*
Qu'est-ce qu'on mange ce soir ?
*
Bonne lecture mon amour.
*
J'ai hâte de te retrouver.
*
Je n'ai pas l'intention de me faire écraser.
*
Faut vraiment qu'on fasse un dîner
avec Bernard et Nicole.
*
Faudrait tout de même que je lise un livre moi aussi.
*
Je vais surtout travailler mes mollets aujourd'hui.
*
Ce soir, on fait un enfant.

Quelques jours après, il était mort. Nathalie était dans un état second, abrutie de calmants. Elle ne cessait de repenser à ce dernier instant entre eux. C'était trop absurde. Comment tant de bonheur pouvait-il se fracasser ainsi ? S'achever sur la vision ridicule d'un homme sautillant dans un salon. Et puis ces derniers mots à l'oreille. Elle ne s'en souviendrait jamais. Il lui avait peut-être simplement soufflé dans la nuque. Au moment de partir, il était sûrement déjà un fantôme. Une forme humaine certes, mais qui ne produit que du silence, car la mort s'est déjà installée.

Le jour de l'enterrement, personne ne manquait. Tout le monde se retrouvait dans la région de l'enfance de François. Il aurait été heureux de cette foule, songea-t-elle. Et puis non, c'était absurde de penser ce genre de choses. Comment un mort peut-il être heureux de quoi que ce soit ? Il est en train de se décomposer entre quatre planches : comment pourrait-il être heureux ? En marchant derrière le cercueil, entourée de ses proches, Nathalie fut traversée par une autre pensée : ce sont les mêmes invités qu'à notre mariage. Oui, ils sont tous là. Exactement pareil. Quelques années après, on se retrouve, et certains sont sûrement habillés de la même façon. Ont ressorti leur unique costume sombre, valable aussi bien pour le bonheur que pour le malheur. Seule différence : la météo. Le temps était radieux aujourd'hui, on pouvait presque avoir chaud. Un comble pour un mois de février. Oui, le soleil n'en finissait pas de briller. Et Nathalie, le regardant de face, se brûlant les yeux presque à l'observer ainsi, brouillait sa vision dans un halo de lumière froide.

On le mit en terre, et ce fut tout.

Après les funérailles, Nathalie avait juste envie d'être seule. Elle ne voulait pas retourner chez ses parents. Elle ne voulait plus sentir ce regard apitoyé sur elle. Elle voulait se terrer, s'enfermer, vivre dans un tombeau. Des amis la raccompagnèrent. Pendant tout le trajet en voiture, personne ne sut que dire. Le conducteur proposa un peu de musique. Mais très vite, Nathalie lui demanda d'éteindre. C'était insoutenable. Chaque air lui rappelait François. Chaque note était l'écho d'un souvenir, d'une anecdote, d'un rire. Elle prit conscience que ce serait terrible. En sept ans de vie commune, il avait eu le temps de s'éparpiller partout, de laisser une trace sur toutes les respirations. Elle comprit qu'elle ne pourrait rien vivre qui puisse lui faire oublier sa mort.

Ses amis l'aidèrent à monter ses affaires. Mais elle refusa qu'ils entrent.

« Je ne vous propose pas de rester, je suis fatiguée.

— Tu promets de nous appeler si tu as besoin de quoi que ce soit ?

— Oui.

— C'est promis ?

— Oui, c'est promis. »

Elle les embrassa, et les remercia. Elle était soulagée d'être seule. D'autres n'auraient pas supporté la solitude à ce moment-là. Nathalie en avait rêvé. Et pourtant, la situation ajoutait de l'insoutenable à l'insoutenable. Elle avançait dans leur salon, et tout était là. À l'identique. Rien n'avait bougé. La couverture toujours sur le canapé. La théière aussi sur la table basse, avec le livre qu'elle était en train de lire. Et fut saisie tout particulièrement par la vision du marque-page. Le livre était ainsi coupé en deux ; la première partie avait été lue du vivant de François. Et à la page 321, il était mort. Que fallait-il faire ? Peut-on poursuivre la lecture d'un livre interrompu par la mort de son mari ?

17

Personne n'entend ceux qui disent vouloir être seuls. La volonté de solitude, c'est forcément une pulsion morbide. Nathalie avait beau tenter de rassurer tout le monde, on voulait passer la voir. Ce qui revenait à l'obliger à parler. Mais elle ne savait que dire. Elle avait l'impression qu'elle allait devoir tout reprendre de zéro, y compris l'apprentissage du langage. Peut-être qu'ils avaient tous raison, au fond, de la forcer à être un peu sociable, de la forcer à se laver, à s'habiller, à recevoir. Ses connaissances se relayaient, c'était d'une limpidité effrayante. Elle imaginait une sorte de cellule de crise gérant le drame à l'aide d'une secrétaire, sûrement sa mère, notant tout sur un planning géant, de façon à varier habilement les visites familiales et les visites amicales. Elle entendait les membres de cette secte de soutien parler entre eux, commenter ses moindres gestes. « Alors comment va-t-elle ? » « Que fait-elle ? » « Que mange-t-elle ? » Elle avait l'impression d'être subitement devenue le centre du monde, quand son monde à elle n'existait plus.

Parmi les visiteurs, Charles fut des plus présents. Il passait tous les deux ou trois jours. C'était aussi une façon, selon lui, de *la maintenir en contact avec le milieu professionnel*. Il lui parlait de l'évolution des dossiers en cours, et elle le regardait comme un aliéné. Qu'est-ce que ça pouvait lui foutre que le commerce extérieur chinois traverse une crise en ce moment ? Est-ce que les Chinois allaient lui ramener son mari ? Non. Bon. Alors, ça ne servait à rien. Charles sentait bien qu'elle ne l'écoutait pas, mais il savait que petit à petit, cela aurait un effet. Qu'il distillait comme une perfusion au goutte-à-goutte des éléments de la réalité. Que la Chine, et la Suède même, réintégreraient l'horizon de Nathalie. Charles s'asseyait très près d'elle :

« Tu pourras reprendre quand tu voudras. Il faut que tu saches que toute l'entreprise est derrière toi.

— Merci, c'est gentil.

— Et tu sais que tu peux compter sur moi.

— Merci.

— Vraiment compter sur moi. »

Elle ne comprenait pas pourquoi depuis la mort de son mari, il s'était mis à la tutoyer. Qu'est-ce que cela pouvait bien signifier ? Mais pourquoi chercher un sens à ce revirement ? Elle n'en avait pas la force. Il se sentait peut-être une responsabilité ; celle de montrer que tout un pan de sa vie ne vacillait pas. Mais tout de même, c'était étrange ce tutoiement. Et puis, non, il y a des phrases qu'on ne peut pas dire avec « vous ». Des phrases de réconfort. Il faut gommer la distance pour pouvoir les prononcer, il faut être dans l'intime. Elle trouvait qu'il passait un peu trop souvent. Elle essayait de le lui faire comprendre. Mais on n'écoute pas ceux qui pleurent. Il était là, il devenait pressant. Un soir, en lui parlant, il avait posé la main sur son genou. Elle n'avait rien dit, mais elle trouvait qu'il manquait cruellement de délicatesse. Voulait-il profiter de son chagrin pour prendre la place de François ? Était-il du genre à voyager à la place du mort ? Peut-être qu'il avait simplement voulu lui faire comprendre qu'il était là si elle avait besoin d'affection. Si elle avait besoin de faire l'amour. Il n'est pas rare que la proximité de la mort vous pousse dans la sphère sexuelle. Mais là, non vraiment. Il lui était impossible d'imaginer un autre homme. Alors, elle avait repoussé la main de Charles, qui avait senti qu'il était sans doute allé trop loin.

« Je reprendrai bientôt le travail », dit-elle.
Sans trop savoir ce que ce bientôt signifiait.

Pourquoi Roman Polanski a adapté
le roman Tess d'Urberville, *de Thomas Hardy*

Ce n'est pas tout à fait comme une lecture inter-
rompue par la mort. Mais Sharon Tate, la femme de
Roman Polanski, avant de mourir sauvagement assas-
sinée par Charles Manson, avait indiqué ce livre à
son mari, en lui disant qu'il serait idéal pour une
adaptation. Le film, réalisé une dizaine d'années
plus tard, avec Nastassja Kinski dans le rôle prin-
cipal, lui sera ainsi dédié.

19

Nathalie et François n'avaient pas voulu d'enfant
tout de suite. C'était un projet pour l'avenir. Cet
avenir qui n'existait plus désormais. Leur enfant
demeurerait virtuel. On peut penser parfois à tous
ces artistes qui meurent, se demander quelles
auraient été leurs œuvres s'ils avaient survécu ?
Qu'aurait composé John Lennon en 1992 s'il n'était
pas mort en 1980 ? Ainsi : quelle aurait été la vie de
cet enfant qui n'existerait jamais ? Il faudrait penser
à tous ces destins qui échouent sur les rivages de
leur possibilité.

Pendant des semaines, elle avait eu cette attitude presque folle : nier la mort. Continuer d'imaginer le quotidien, comme si son mari était là. Elle était capable de laisser des mots à son attention sur la table du salon, le matin avant de partir se promener. Elle marchait pendant des heures, avec une seule envie : se perdre dans la foule. Il lui arrivait aussi d'entrer dans des églises, elle qui n'était pas croyante. Et qui était certaine de ne plus jamais croire. Elle avait du mal à comprendre ceux qui se réfugient dans la religion, du mal à comprendre qu'on puisse avoir la foi après avoir vécu un drame. Pourtant, assise au milieu des chaises vides, en plein après-midi, elle était réconfortée par le lieu. C'était un apaisement infime, mais l'éclair d'un instant, oui, elle éprouvait la chaleur du Christ. Elle se mettait alors à genoux, et elle était comme une sainte avec le diable au cœur.

Elle retournait parfois sur le lieu de leur rencontre. Sur ce trottoir où elle avait marché, anonyme de lui, sept ans plus tôt. Elle se demandait : « Et si quelqu'un d'autre m'abordait maintenant, quelle serait ma réaction ? » Mais personne ne venait interrompre son recueillement.

Elle passait aussi à l'endroit où son mari avait été renversé. Où, courant en short, avec de la musique dans les oreilles, il avait traversé si maladroitement. Son ultime maladresse. Elle se mettait au bord de la chaussée, et observait le passage des voitures. Pourquoi ne se tuerait-elle pas au même endroit ? Pourquoi ne pas mélanger les traces de leurs sangs dans une dernière union morbide ? Elle restait longtemps, sans savoir que faire, des larmes dérapant sur son visage. C'était surtout dans les premiers temps, après l'enterrement, qu'elle revint à cet endroit. Elle ne savait pas pourquoi elle avait besoin de se faire si mal. C'était absurde d'être là, absurde d'imaginer la brutalité du choc, absurde de vouloir rendre ainsi concrète la mort de son mari. Peut-être qu'au fond il s'agissait de la seule solution ? Sait-on comment survivre à un tel drame ? Il n'existe pas de méthodes. Chacun lit ce que son corps écrit. Nathalie assouvissait cette pulsion d'être là, à pleurer sur le rebord de la route, à se laisser mourir de larmes.

20

*Discographie de John Lennon
s'il n'était pas mort en 1980*

Still Yoko (1982)
*
Yesterday and Tomorrow (1987)
*
Berlin (1990)
*
Titanic Soundtrack (1994)
*
Revival - The Beatles (1999)

Vie de Charlotte Baron depuis le jour
où elle a écrasé François

Sans les attentats du 11 septembre 2001, Charlotte ne serait sûrement jamais devenue fleuriste. Le 11 septembre, c'était son anniversaire. Son père, en voyage en Chine, lui avait fait livrer des fleurs. Jean-Michel montait les marches de l'escalier sans savoir encore que l'époque venait de basculer. Il sonna, découvrit le visage livide de Charlotte. Elle n'arrivait pas à prononcer le moindre mot. En prenant les fleurs, elle demanda :

« Vous êtes au courant ?

— De quoi ?

— Venez… »

Jean-Michel et Charlotte passèrent la journée ensemble, assis sur un canapé, à regarder en boucle les images des avions percutant les tours. Vivre à deux ce moment liait forcément. Ils étaient devenus inséparables, eurent même une histoire de plusieurs mois avant de conclure qu'ils étaient davantage amis qu'amants.

Un peu plus tard, Jean-Michel monta sa propre société de livraisons de fleurs, et proposa à Charlotte de travailler avec lui. Depuis, leur vie consistait à faire des bouquets. Le dimanche de l'accident,

Jean-Michel avait tout préparé. Le client voulait demander sa fiancée en mariage. En recevant les fleurs, elle comprendrait le message, sorte de signal codé entre eux. Il était impératif que les fleurs soient livrées ce dimanche-là, c'était l'anniversaire de leur rencontre. Juste avant de partir, Jean-Michel avait reçu un appel de sa mère : son grand-père venait d'être hospitalisé. Charlotte dit qu'elle s'en occuperait. Elle aimait bien conduire la camionnette. Surtout quand il n'y avait qu'une seule livraison, qu'il n'y avait pas à se presser. Elle pensait à ce couple, au rôle qu'elle jouait dans leur histoire : une anonyme déterminante. Elle pensait à tout ça, et d'autres choses encore, et puis un homme traversa n'importe comment. Et elle freina trop tard.

Charlotte fut anéantie par l'accident. Un psychologue tenta de la faire parler, de faire en sorte qu'elle évacue au plus vite le choc, que le traumatisme ne gangrène pas l'inconscient. Assez vite, elle se demanda : dois-je entrer en contact avec la veuve ? Finalement, elle considéra que c'était inutile. Et puis, qu'est-ce qu'elle aurait pu dire ? « Je m'excuse. » Est-ce qu'on s'excuse dans ces cas-là ? Peut-être aurait-elle ajouté : « Il est con votre mari à courir n'importe comment, il gâche ma vie aussi, vous vous rendez compte de ça ? Vous croyez que c'est facile de continuer à vivre quand on a tué quelqu'un ? » Parfois, elle éprouvait de vraies bouffées de haine pour cet homme, pour son inconséquence. Mais la plupart du temps, elle se taisait. Elle restait assise dans l'absence. Le silence de ces heures l'unissait à Nathalie. Toutes deux voguaient dans l'anesthésie de la moindre volonté. Pendant les semaines de convalescence, sans savoir pourquoi, elle ne cessait de penser aux fleurs qu'elle devait livrer le jour de l'accident. Ce bouquet à l'abandon était l'image du temps avorté. Le ralenti de l'événement revenait devant ses yeux d'une manière incessante, encore et encore le bruit de l'impact, et les fleurs étaient toujours là, au premier plan, lui brouillant la vue. Elles étaient le linceul sur sa journée, son obsession en forme de pétales.

Jean-Michel, très inquiet de son état, s'énerva en lui demandant de reprendre le travail. C'était une tentative comme une autre pour la réveiller. Tentative victorieuse, car elle leva la tête, et fit oui comme le font les petites filles parfois qui promettent d'êtres sages après avoir fait une bêtise. Elle savait bien, au fond, qu'elle n'avait pas le choix. Qu'elle devait continuer. Et ce n'était certainement pas la subite excitation de son collègue qui en était la cause. Tout va reprendre comme avant, pensa Charlotte, on se rassure. Mais non, rien ne pouvait reprendre comme avant. Quelque chose avait été brutalement brisé dans le mouvement des jours. Ce dimanche-là était toujours présent : on le trouvait dans le lundi et le jeudi. Et il continuait de survivre le vendredi ou le mardi. Ce dimanche-là n'en finissait pas, prenait des allures de sale éternité, se saupoudrant partout sur l'avenir. Charlotte souriait, Charlotte mangeait, mais Charlotte avait une ombre sur le visage. Une ou deux lettres de son prénom cachées dans la pénombre. Elle semblait obsédée par une idée. Elle demanda subitement :

« Les fleurs que je devais livrer ce jour-là… tu les as livrées finalement ?

— J'avais autre chose en tête. Je t'ai rejointe tout de suite.

— Mais l'homme n'a pas appelé ?

— Si, bien sûr. Je l'ai eu au téléphone le lendemain. Il n'était pas content du tout. Sa fiancée n'avait rien reçu.

— Et alors ?

— Et alors… je lui ai expliqué… je lui ai dit que tu avais eu un accident… qu'un homme était dans le coma…

— Et qu'est-ce qu'il a dit ?

— Je ne sais plus trop… il s'est excusé… et puis il a marmonné quelque chose… j'ai cru comprendre qu'il y voyait comme un signe. Quelque chose de très négatif.

— Tu veux dire… tu crois qu'il n'a pas demandé la fille en mariage ?

— Je ne sais pas. »

Charlotte fut perturbée par cette anecdote. Elle se permit d'appeler l'homme en question. Il confirma qu'il avait décidé de reporter sa demande en mariage. Cette nouvelle la marqua profondément. Cela ne pouvait pas se passer comme ça. Elle pensa à l'enchaînement des situations. Le mariage allait être reporté. Et peut-être qu'une multitude d'événements allaient être ainsi modifiés ? Cela la dérangeait de se dire que toutes les vies allaient être différentes. Elle songea : si je les répare, c'est comme si ça n'avait pas existé. Si je les répare, je pourrai reprendre une vie normale.

Elle alla dans l'arrière-boutique préparer le même bouquet. Puis elle monta dans un taxi. Le chauffeur lui demanda :

« C'est pour un mariage ?

— Non.

— Pour un anniversaire ?

— Non.

— Pour… un diplôme ?

— Non. C'est juste pour faire ce que je devais faire le jour où j'ai écrasé quelqu'un. »

Le chauffeur continua son parcours en silence. Charlotte descendit. Déposa les fleurs sur le paillasson de la femme. Elle resta un instant devant cette image. Puis décida de retirer quelques roses du bouquet. Elle repartit avec, et monta dans un autre taxi. Depuis le jour de l'accident, elle avait conservé l'adresse de François sur elle. Elle avait préféré ne pas rencontrer Nathalie, et sûrement avait-elle pris la bonne décision. Il aurait été encore plus difficile de se reconstruire en mettant un visage sur une vie saccagée. Mais là, elle était portée par une pulsion. Elle ne voulait pas réfléchir. Le taxi roulait, et s'arrêtait maintenant. Pour la seconde fois en quelques minutes, Charlotte se retrouva sur le palier d'une femme. Elle déposa les quelques fleurs blanches devant la porte de Nathalie.

22

Nathalie ouvrit la porte, et s'interrogea : était-ce le bon moment ? François était mort depuis trois mois. Trois mois, c'était si peu. Elle n'éprouvait pas la moindre amélioration. Sur son corps, d'une manière inlassable, défilaient les sentinelles de la mort. Ses amis lui avaient conseillé de recommencer à travailler, de ne pas se laisser aller, d'occuper son temps pour faire en sorte qu'il ne soit pas insupportable. Elle savait très bien que ça ne changerait rien, que ce serait même pire peut-être : surtout le soir, quand elle rentrerait du travail, et qu'il ne serait pas là, qu'il ne serait plus jamais là. *Ne pas se laisser aller*, quelle étrange expression. On se laisse aller quoi qu'il arrive. La vie consiste à se laisser aller. Elle, c'était tout ce qu'elle voulait : se laisser aller. Ne plus sentir le poids de chaque seconde. Elle voulait retrouver une légèreté, fût-elle insoutenable.

Elle n'avait pas voulu téléphoner avant. Elle voulait arriver comme ça, à l'improviste, aussi pour rendre l'événement plus discret. Dans le hall, dans l'ascenseur, dans les couloirs, elle avait croisé de nombreux collègues, et tous, sur ce chemin, avaient tenté comme ils pouvaient de lui témoigner un peu de chaleur. Un mot, un geste, un sourire, ou parfois un silence. Il y avait autant d'attitudes que de personnes, mais elle avait été profondément touchée par cette façon unanime et discrète de la soutenir. Paradoxalement, c'était aussi toutes ces manifestations qui la faisaient hésiter maintenant. Avait-elle envie de ça ? Voulait-elle vivre dans un environnement où tout ne serait que compassion et malaise ? Si elle revenait, elle devrait jouer la comédie de la vie, faire en sorte que tout aille bien. Elle ne supporterait pas de voir dans le regard des autres une douceur qui était finalement l'antichambre de la pitié.

Figée devant la porte du bureau de son patron, elle hésitait. Elle sentait que si elle entrait, c'était pour revenir vraiment. Finalement, elle se décida et entra sans frapper. Charles était plongé dans la lecture du Larousse. C'était sa lubie : il lisait une définition tous les matins.

« Ça va ? Je ne te dérange pas ? » demanda Nathalie.

Il leva la tête, surpris de la voir. Elle était comme une apparition. Sa gorge se noua, il avait peur de ne pas pouvoir bouger, paralysé par l'émotion. Elle s'approcha de lui :

« Tu étais en train de lire ta définition ?

— Oui.

— C'est quoi aujourd'hui ?

— Le mot "délicatesse". Ça ne m'étonne pas que tu sois apparue à ce moment-là.

— C'est un beau mot.

— Je suis content de te voir, ici. Enfin. J'espérais que tu viendrais. »

Il y eut alors un silence. C'était étrange, mais il y avait toujours un moment où ils ne savaient pas quoi se dire. Et dans ces cas-là, Charles proposait toujours de lui servir un thé. C'était comme de l'essence pour leurs mots. Puis il reprit, très excité :

« J'ai eu les actionnaires en Suède. Au fait, tu sais que je parle un peu le suédois maintenant ?

— Non.

— Oui… ils m'ont demandé d'apprendre le suédois… c'est bien ma veine, ça. C'est vraiment une langue de merde.

— …

— Mais bon, je leur dois bien ça. Ils sont assez souples, tout de même…, enfin… oui, je te dis ça… car je leur ai parlé de toi… et tout le monde est d'accord pour qu'on fasse exactement comme tu le souhaites. Si tu décides de revenir, tu pourras le faire à ton rythme, comme tu veux.

— C'est gentil.

— Ce n'est pas que gentil. Tu nous manques ici, vraiment.

— …

— Tu me manques. »

Il avait prononcé cette phrase en la regardant intensément. De ce type de regard trop appuyé qui gêne. Dans l'œil, le temps s'éternise : une seconde, c'est un discours. À vrai dire, il ne pouvait pas nier deux choses : la première était qu'il avait toujours été attiré par elle. La seconde était que son attirance s'était accentuée depuis la mort de son mari. C'était difficile de s'avouer ce genre d'inclination. Était-ce une affinité morbide ? Non, pas forcément. C'était son visage. Il était comme sublimé par son drame. La tristesse de Nathalie aggravait considérablement son potentiel érotique.

23

*Définition du mot « délicatesse »
dans le Larousse*

Délicatesse n.f.
1. Fait d'être délicat.
2. *Litt. Être en délicatesse avec quelqu'un* : être
en froid, en mauvais termes avec quelqu'un.

24

Nathalie était assise à son bureau. Dès le premier
matin de son retour, elle avait été confrontée à une
chose terrible : l'éphéméride. Par respect, personne
n'avait touché à ses affaires. Et personne n'avait
imaginé à quel point ce serait violent pour elle de
découvrir sur son bureau la date figée de sa dernière
journée avant le drame. La date précédant de deux
jours l'accident de son mari. Sur cette page, il était
encore vivant. Elle prit l'objet, et se mit à en tourner
les pages. Les jours défilèrent sous ses yeux. Depuis
la mort de François, elle avait considéré chaque jour
comme chargé d'un poids immense. Alors là, en
quelques secondes, en tournant les jours, elle pouvait concrètement observer le chemin parcouru.
Toutes ces pages, et elle était encore là. Et maintenant, c'était aujourd'hui.

Et puis vint un moment où il y eut une nouvelle éphéméride.

Nathalie avait repris le travail depuis plusieurs mois. Elle s'y était investie d'une manière que certains jugeaient excessive. Le temps semblait reprendre son cours. Tout recommençait : la routine des réunions, et le côté absurde des dossiers qu'on numérote comme s'ils n'étaient qu'une succession d'éléments sans la moindre importance. Et puis le degré suprême de l'absurdité : les dossiers nous survivront. Oui, voilà ce qu'elle se disait, en archivant des documents. Que toute cette paperasse nous était supérieure à bien des égards, qu'elle n'était pas soumise à la maladie, à la vieillesse, ou à l'accident. Aucun dossier ne se ferait jamais renverser en allant courir le dimanche.

25

Définition du mot « délicat » selon le Larousse,
car « délicatesse » ne suffit pas
pour comprendre la délicatesse

Délicat, e : adj. (lat. *delicatus*).
1. D'une grande finesse ; exquis ; raffiné. *Un visage aux traits délicats. Un parfum délicat.*
2. Qui manifeste de la fragilité. *Santé délicate.*

3. Difficile à gérer ; périlleux. *Situation, manœuvre délicate.*

4. Qui manifeste une grande sensibilité, du tact. *Un homme délicat. Une attention délicate.*

Péjoratif : Difficile à contenter. *Faire le délicat.*

26

Depuis le retour de Nathalie, Charles était de bonne humeur. Il lui arrivait même de prendre du plaisir à ses leçons de suédois. Quelque chose s'était tissé entre eux, de l'ordre de la confiance et du respect. Nathalie mesurait la chance qu'elle avait d'être sous les ordres d'un homme si bienveillant envers elle. Mais elle n'était plus dupe ; elle sentait bien qu'elle lui plaisait. Elle le laissait faire des allusions, plus ou moins fines. Il n'allait jamais trop loin, car elle instaurait une distance qui lui paraissait insurmontable. Elle n'entrait pas dans son jeu, tout simplement parce qu'elle ne pouvait pas jouer. C'était au-dessus de ses forces. Elle conservait toute son énergie pour son travail. Il avait tenté maintes fois de l'inviter à dîner, tentatives stériles éconduites par un silence. Elle ne pouvait tout simplement pas sortir. Encore moins avec un homme. Elle trouvait cela absurde, car si elle avait le courage de tenir toute la journée, de se concentrer sur des dossiers sans importance, pourquoi ne s'offrait-elle pas des moments de répit ? C'était sûrement lié à la notion de plaisir. Elle ne se sentait pas le droit de faire quoi que ce soit de léger. C'était comme ça. Elle n'y arrivait pas. Et n'était même pas sûre de pouvoir y parvenir à nouveau.

Ce soir, les choses seraient différentes. Elle avait enfin accepté et ils allaient dîner ensemble. Charles avait dégainé un argument imparable : il fallait fêter sa promotion. Car, oui, elle avait obtenu un très bel avancement, et allait dorénavant diriger un groupe de six personnes. Si cette progression professionnelle était tout à fait justifiée par ses compétences, elle se demandait tout de même si elle ne l'avait pas obtenu en suscitant la pitié. Dans un premier temps, elle avait voulu refuser, mais c'était compliqué de ne pas accepter une promotion. Ensuite, en constatant l'empressement de Charles pour organiser cette soirée, elle se demanda s'il n'avait pas accéléré son avancée professionnelle uniquement dans le but d'obtenir un dîner. Tout était possible, il était inutile de chercher à comprendre. Elle se disait juste qu'il avait raison, et que c'était sûrement une bonne occasion pour se forcer à sortir. Elle allait peut-être renouer avec une sorte d'insouciance nocturne.

27

Pour Charles ce dîner était un enjeu majeur. Il savait qu'il serait décisif. Il s'était préparé avec la même appréhension que pour son premier rendez-vous d'adolescent. Finalement, ce n'était pas une sensation si extravagante. En pensant à Nathalie, il pouvait presque imaginer que c'était la première fois qu'il allait dîner avec une femme. C'était comme si elle possédait l'étrange capacité d'anéantir tous les souvenirs de sa vie sensuelle.

Charles avait veillé à éviter les restaurants à chandelles, de ne pas la brusquer avec un romantisme qu'elle aurait pu juger déplacé. Les premières minutes furent parfaites. Ils buvaient en se disant des phrases courtes, et les courts silences qui s'installaient parfois ne provoquaient aucune gêne. Elle apprécia d'être là, à boire. Pensa qu'elle aurait dû ressortir plus tôt, que le plaisir venait de l'action, et même : elle avait envie d'ivresse. Pourtant, quelque chose la rattachait au terrestre. Elle ne pouvait jamais échapper véritablement à sa condition. Elle pouvait boire autant qu'elle voulait, cela ne changerait rien. Elle était juste là, dans une lucidité absolue, à se regarder jouer comme une actrice sur une scène de théâtre. Dédoublée, elle observait d'un œil sidéré la femme qu'elle n'était plus, celle qui pouvait être dans la vie et la séduction. Ce moment plaçait dans une lumière encore plus accrue tous les détails de son impossibilité à être. Mais Charles ne voyait rien. Il nageait dans le premier degré, tentait de la faire boire, afin d'accéder à un peu de vie avec elle. Il était subjugué. Depuis des mois, il la trouvait russe. Il ne savait pas vraiment ce que cela signifiait, mais c'était ainsi : dans son esprit, elle était d'une force russe, elle était d'une tristesse russe. Sa féminité avait ainsi voyagé de la Suisse à la Russie.

« Alors… pourquoi cette promotion ? demanda-t-elle.

— Parce que tu fais un travail formidable… et que je te trouve merveilleuse, c'est tout.

— C'est tout ?

— Pourquoi tu me demandes ça ? Tu sens que ce n'est pas tout ?

— Moi ? Je ne sens rien.

— Et si je mets ma main là, tu ne sens rien ? »

Il ne savait pas comment il avait osé. Il se disait que tout était envisageable ce soir. Comment pouvait-il être si loin de la réalité ? En posant sa main sur la sienne, il s'était souvenu aussitôt du moment où il l'avait posée sur son genou. Elle l'avait regardé de la même façon. Et il n'avait pu que reculer. Il en avait assez de s'attaquer à un mur, de vivre en permanence dans des non-dits. Il voulait clarifier les choses.

« Je ne te plais pas, c'est ça ?

— Mais… pourquoi tu me demandes ça ?

— Et toi, pourquoi tu poses des questions ? Pourquoi tu ne réponds jamais ?

— Parce que je ne sais pas…

— Tu ne crois pas que tu dois avancer ? Je ne te demande pas d'oublier François… mais tu ne vas pas t'enfermer toute ta vie… tu sais à quel point je peux être là pour toi…

— … Mais tu es marié… »

Charles fut surpris qu'elle mentionne ainsi son épouse. Cela pouvait paraître fou, mais il l'avait oubliée. Il n'était pas un homme marié qui dîne avec une autre femme. Il était un homme dans l'instant présent. Oui, il était marié. Il nageait dans ce qu'il appelait : *la vie conjucalme*. Il ne se passait plus rien avec sa femme. Alors il était surpris, parce qu'il était profondément sincère dans son attirance pour Nathalie.

« Mais ma femme, pourquoi tu me parles d'elle ? C'est une ombre ! On se frôle.

— On ne dirait pas.

— Parce qu'elle mise tout sur l'apparence. Quand elle vient au bureau, c'est seulement pour parader. Mais si tu savais comme on est pathétiques, si tu savais…

— Alors quitte-la.

— Pour toi, je la quitte sur-le-champ.

— Pas pour moi… pour toi. »

Il y eut un blanc, le temps de plusieurs respirations, de plusieurs gorgées. Nathalie avait été choquée qu'il mentionne François, qu'il ait tenté de faire déraper la soirée, si vite et avec si peu de finesse, vers une destination primitive. Elle finit par déclarer qu'elle désirait rentrer. Charles sentit bien qu'il était allé trop loin, qu'il avait gâché la soirée avec ses déclarations. Comment avait-il fait pour ne pas voir que ce n'était pas le moment ? Qu'elle n'était pas prête. Il fallait y aller doucement, par étapes. Et lui était parti comme un fou, à toute allure, tentant de rattraper en deux minutes des années de désir. Tout ça, c'était à cause du début de la soirée. C'était cette belle entrée en matière, si prometteuse, qui l'avait poussé dans la confiance des hommes pressés.

Il se reprit : après tout, il avait le droit de dire ce qu'il ressentait. Ce n'était pas un crime que d'ouvrir son cœur. Alors oui, c'est vrai que tout était lourd avec elle, que son statut de veuve compliquait beaucoup les choses. Il songea qu'il aurait eu plus de chances de la séduire un jour si François n'était pas mort. En se tuant, il avait figé leur amour. Il les avait propulsés dans une éternité fixe. Comment ravir quoi que ce soit chez une femme dans ces conditions ? Une femme qui vit dans un monde arrêté. Vraiment, c'était à se demander s'il n'avait pas fait exprès de se tuer, pour prolonger éternellement leur amour. Certains pensent bien que la passion a forcément une fin tragique.

28

Ils sortirent du restaurant. La gêne était de plus en plus forte. Charles ne trouvait pas le bon mot, le trait d'esprit, ou l'humour même, qui lui aurait permis de se rattraper un peu. De détendre légèrement l'atmosphère. Rien à faire, ils étaient enlisés. Depuis des mois, Charles avait été délicat et prévenant, il avait été respectueux et fidèle, et voilà que tous ses efforts pour être un homme bien étaient anéantis parce qu'il n'avait pas su maîtriser son désir. Son corps était maintenant comme une absurdité démembrée, chaque membre possédant un cœur autonome. Il tenta d'embrasser Nathalie sur la joue, tentative qu'il voulait désinvolte et amicale, mais son cou était raide. Ce temps étouffé dura encore un moment, comme la lente succession de secondes prétentieuses.

Puis, subitement, Nathalie lui adressa un grand sourire. Elle voulait lui faire comprendre que tout cela n'était pas si grave. Qu'il valait mieux oublier cette soirée, c'est tout. Elle dit qu'elle voulait marcher un peu, et partit sur cette douce tonalité. Charles continua de l'observer, suivant son dos. Il ne pouvait pas bouger, figé dans son échec. Nathalie s'éloignait, au centre de son champ de vision, devenait de plus en plus petite, mais c'était bien lui qui se tassait, lui qui rapetissait sur place.

C'est alors que Nathalie s'arrêta.

Et fit demi-tour.

Elle marchait à nouveau vers lui. Cette femme qui, un instant auparavant, s'effaçait dans son champ de vision, grandissait à mesure qu'elle revenait vers lui. Que voulait-elle ? Il ne fallait pas s'emballer. Elle avait sûrement oublié ses clés, un foulard, ou l'un des nombreux objets que les femmes adorent oublier. Mais non, ce n'était pas ça. Ça se voyait à sa façon de marcher. On sentait que ce n'était pas une question matérielle. Qu'elle revenait vers lui pour lui parler, pour lui dire quelque chose. Elle marchait d'une façon aérienne, comme l'héroïne d'un film italien de 1967. Il voulait avancer, lui aussi, vers elle. Dans sa dérive romantique, il songeait qu'il devrait se mettre à pleuvoir. Que tout le silence de la fin du repas n'avait été que confusion. Qu'elle revenait non pas pour parler mais pour l'embrasser. C'était vraiment étonnant : au moment où elle était partie, il avait eu l'intuition qu'il ne devait pas bouger, qu'elle allait revenir. Car il était évident qu'il y avait quelque chose entre eux d'instinctif et de simple, de fort et de fragile, et c'était ainsi depuis le début. Forcément, il fallait la comprendre. Ce n'était pas facile pour elle. De s'avouer un sentiment alors que son mari venait de mourir. C'était même atroce. Et pourtant, comment résister ? Les histoires d'amour sont souvent amorales.

Elle était tout près de lui maintenant, fébrile et divine, incarnation voluptueuse de la féminité tragique. Elle était là, son amour Nathalie :

« Excuse-moi de ne pas avoir répondu tout à l'heure… j'étais gênée…

— Oui je comprends.

— C'est si dur de mettre des mots sur ce que je ressens.

— Je le sais Nathalie.

— Mais je crois que je peux te répondre : tu ne me plais pas. Et même, je crois que je ne suis pas à l'aise avec ta façon d'essayer de me séduire. Je suis certaine qu'il n'y aura jamais rien entre nous. Peut-être que je ne serai tout simplement plus capable d'aimer quelqu'un, mais si jamais je l'envisageais un jour, je sais que ce ne serait pas toi.

— …

— Je ne pouvais pas rentrer comme ça. Je préférais que ce soit dit.

— C'est dit. Tu l'as dit. Oui, c'est dit. Si je l'ai entendu, c'est que tu l'as dit. Tu l'as dit, oui. »

Nathalie observa Charles qui continuait de hoqueter. Des mots suspendus, progressivement happés par

le silence. Des mots comme les yeux d'un mourant.
Elle esquissa un geste de tendresse : une main sur
l'épaule. Et retourna d'où elle venait. Repartit vers
la Nathalie toute petite. Charles voulut rester debout,
et ce ne fut pas facile. Il n'en revenait pas. Surtout
du ton sur lequel elle avait parlé. Avec une grande
simplicité, sans la moindre méchanceté. Il devait se
rendre à l'évidence : il ne lui plaisait pas, et ne lui
plairait jamais. Il n'éprouvait aucune colère. C'était
comme la fin subite de quelque chose qui l'avait
animé depuis des années. La fin d'une possibilité.
La soirée avait eu le parcours du *Titanic*. Festive au
début, elle mourait dans un naufrage. La vérité avait
souvent l'allure d'un iceberg. Nathalie était toujours
dans son champ de vision, et il voulait la voir partir
le plus vite possible. Même le petit point qu'elle
était lui paraissait démesurément insoutenable.

29

Charles marcha un peu, jusqu'au parking. Une
fois dans sa voiture, il fuma une cigarette. Ce qu'il
ressentait était en parfaite adéquation avec les néons
d'un jaune agressif. Il démarra, et alluma la radio.
Le présentateur parlait d'une étrange série de matchs
nuls ce soir-là, ce qui créait un statu quo dans le
classement de ligue 1. Tout était cohérent. Il était
comme un club perdu dans le ventre mou du championnat. Il était marié, il avait une fille, il dirigeait
une belle société, mais il éprouvait un vide immense.

Seul le rêve de Nathalie avait eu la capacité de le rendre vivant. Tout cela était terminé maintenant, anéanti, détruit, saccagé. Il pouvait enchaîner les synonymes, ça ne changerait plus rien. Il pensa alors qu'il y avait quelque chose de pire que d'être rejeté par une femme que l'on aime : devoir la croiser tous les jours. Se retrouver à tout instant près d'elle, dans un couloir. Il ne pensa pas au couloir par hasard. Elle était belle dans les bureaux, mais il avait toujours pensé que son érotisme se déployait avec davantage de force dans les couloirs. Oui, dans son esprit, c'était une femme couloir. Et maintenant, il venait de comprendre qu'au bout du couloir il lui fallait faire demi-tour.

En revanche, pour rentrer chez soi, il ne faut jamais faire demi-tour. La voiture de Charles roulait sur sa route de tous les jours. On aurait cru un métro tant le trajet exhalait l'identique. Il se gara, et fuma à nouveau une cigarette dans le parking de son immeuble. En ouvrant la porte de chez lui, il aperçut sa femme, devant la télévision. Nul n'aurait pu deviner que Laurence avait été un jour animée par une sorte de frénésie sensuelle. Elle se coulait lentement mais sûrement dans le prototype de la bourgeoise dépressive. Étrangement, Charles ne fut pas affecté par cette image. Il avança lentement vers la télévision, l'éteignit. Sa femme émit une protestation, sans grande conviction. Il s'approcha d'elle, et la saisit fermement par le bras. Elle voulut réagir, mais aucun son ne sortit de sa bouche. Au fond, elle avait rêvé de cet instant, rêvé que son mari la touche, rêvé qu'il arrête de passer près d'elle comme si elle

n'existait plus. Leur vie à deux était un entraîne-
ment quotidien à l'effacement. Sans échanger un
mot, ils se dirigèrent vers leur chambre. Le lit était
fait, et subitement il fut défait. Charles retourna
Laurence, et baissa sa culotte. Le rejet de Nathalie
lui avait donné envie de faire l'amour à sa femme,
de la prendre même un peu brutalement.

30

Résultats de ligue 1 le soir
où Charles comprit
qu'il ne plairait jamais à Nathalie

Auxerre - Marseille : 2-2
*
Lens - Lille : 1-1
*
Toulouse - Sochaux : 1-0
*
Paris SG - Nantes : 1-1
*
Grenoble - Le Mans : 3-3
*
Saint-Étienne - Lyon : 0-0
*
Monaco - Nice : 0-0
*
Rennes - Bordeaux : 0-1

31

Après ce dîner, leurs rapports ne furent plus les mêmes. Charles prit ses distances, ce que comprit parfaitement Nathalie. Leurs échanges, assez rares, devinrent strictement professionnels. La gestion de leurs dossiers respectifs exigeait peu d'interférences. Depuis sa promotion, Nathalie dirigeait un groupe de six personnes[1]. Elle avait changé de bureau, et cela lui avait fait le plus grand bien. Comment ne pas y avoir pensé avant ? Suffisait-il de changer de décor pour changer d'état d'esprit ? Elle devrait peut-être envisager de déménager. Mais à peine eut-elle évoqué cette possibilité qu'elle comprit qu'elle n'en aurait pas le courage. Il y a dans le deuil une puissance contradictoire, une puissance absolue qui propulse tout autant vers la nécessité du changement que vers la tentation morbide à la fidélité au passé. Alors, c'est à sa vie professionnelle qu'elle laissait le soin de se tourner vers l'avenir. Son nouveau bureau, au dernier étage de l'immeuble, semblait toucher le ciel et elle se félicitait de ne pas avoir

---

1. Depuis qu'elle avait pris ses nouvelles fonctions, elle s'était acheté trois paires de chaussures.

peur du vide. Voilà une réjouissance qu'elle jugeait simple.

Les mois qui suivirent furent encore marqués par une boulimie de travail. Elle avait même hésité à prendre des cours de suédois, au cas où elle assumerait de nouvelles fonctions. On ne pouvait pas dire qu'elle était ambitieuse. Elle cherchait seulement à s'étourdir de dossiers. Son entourage continuait de s'inquiéter, considérant sa façon excessive de travailler comme une forme de dépression. Cette théorie l'agaçait au plus haut point. Pour elle, les choses étaient simples : elle voulait juste travailler beaucoup pour ne pas penser, être dans le vide. On lutte comme on peut, et elle aurait aimé que ses proches, au lieu d'élaborer des théories fumeuses, la soutiennent dans son combat. Elle était fière de ce qu'elle parvenait à faire. Elle passait au bureau même le week-end, emportait du travail chez elle, oubliait les horaires. Il y aurait forcément un moment où elle s'écroulerait d'épuisement, mais pour l'instant elle n'avançait que grâce à cette adrénaline suédoise.

Son énergie impressionnait tout le monde. Comme elle ne montrait plus la moindre faille, ses collègues commençaient à oublier ce qu'elle avait vécu. François devenait un souvenir pour les autres, et c'était peut-être ainsi qu'il pourrait le devenir pour elle également. Ses longues heures de présence faisaient qu'elle était toujours disponible, surtout pour les membres de son groupe. Chloé, la dernière arrivée, était aussi la plus jeune. Elle aimait particulièrement se confier à Nathalie, notamment ses soucis avec son fiancé, et son angoisse permanente : elle était terriblement jalouse. Elle savait que c'était absurde, mais elle n'arrivait pas à se maîtriser, à avoir un comportement rationnel. Il se passa alors quelque chose d'étrange : les récits de Chloé, teintés d'immaturité, permirent à Nathalie de renouer avec un monde perdu. Celui de sa jeunesse, celui de ses peurs de ne pas trouver un homme avec qui elle serait bien. Il y avait dans les mots de Chloé comme l'impression d'un souvenir qui se recompose.

32

Extrait du scénario de La Délicatesse

SÉQ. 32 : INTÉRIEUR BAR
Nathalie et Chloé entrent dans un bar. Ce n'est pas la première fois qu'elles viennent dans cet endroit. Nathalie suit Chloé. Elles s'installent dans un coin près d'une fenêtre.
À l'extérieur : possibilité de pluie.

CHLOÉ, *de manière très spontanée* : Ça va ? Vous êtes bien ?
NATHALIE : Oui c'est parfait.

Chloé observe Nathalie.

NATHALIE : Pourquoi vous me regardez comme ça ?

CHLOÉ : J'aimerais que nos rapports soient plus équilibrés. Que vous me parliez plus de vous. C'est vrai ça, on ne parle que de moi.

NATHALIE : Qu'est-ce que vous voulez savoir ?

CHLOÉ : Ça fait longtemps que votre mari est mort… et… et… ça vous gêne qu'on en parle ?

Nathalie paraît surprise. Personne n'aborde le sujet de manière aussi frontale. Un temps, puis Chloé reprend.

CHLOÉ : C'est vrai… vous êtes jeune, vous êtes belle… et regardez cet homme là-bas, il n'arrête pas de vous regarder depuis que nous sommes entrées dans le bar.

Nathalie tourne la tête et croise le regard de l'homme qui la regarde.

CHLOÉ : Il est vraiment pas mal, je trouve. À mon avis, c'est un Scorpion. Et comme vous êtes Poissons, c'est idéal.

NATHALIE : Je l'ai à peine vu, et vous faites déjà des prévisions ?

CHLOÉ : Ah, mais c'est important l'astrologie. C'est la clé du problème avec mon copain.

NATHALIE : Alors, il n'y a rien à faire ? Il ne pourra pas changer de signe.

CHLOÉ : Non, il sera toujours Taureau cet idiot.

Plan sur le visage sans expression de Nathalie.

CUT

68

33

Nathalie trouvait ça ridicule d'être là, d'avoir ce type de discussions avec une fille aussi jeune. Surtout, elle n'arrivait toujours pas à vivre l'instant présent. La douleur, c'est peut-être ça : une façon permanente d'être déraciné de l'immédiat. Elle regardait le manège des adultes avec détachement. Elle était tout à fait capable de se dire : « Je ne suis pas ici. » Chloé, en lui parlant avec l'énergie légère du maintenant, tentait de la retenir, tentait de la pousser à penser : « Je suis ici. » Elle ne cessait de lui parler de cet homme. Et justement, le voilà qui finissait sa bière, et on sentait bien qu'il hésitait à venir vers elles. Mais ce n'est jamais simple de passer du regard à la conversation, de l'œil au mot. Après une longue journée de travail, il se sentait dans cet état de délassement qui parfois vous pousse à oser. La fatigue est souvent au cœur de toute audace. Il continuait d'observer Nathalie. Qu'avait-il à perdre franchement ? Rien, à part peut-être un peu du charme d'être un inconnu.

Il paya son verre, et quitta son poste d'observation. Il avança d'un pas qui aurait presque pu passer pour un pas décidé. Nathalie était à quelques mètres de lui : trois ou quatre, pas plus. Elle comprit que cet homme venait la voir. Elle fut aussitôt saisie par une étrange pensée : cet homme qui s'avance vers moi mourra peut-être écrasé dans sept ans. Cet instant la troublait inévitablement, accentuait sa fragilité. Tout homme qui l'aborderait lui rappellerait forcément sa rencontre avec François. Pourtant, celui-là n'avait rien à voir avec son mari. Il avançait avec son sourire du soir, son sourire du monde facile. Mais, une fois devant la table, il resta muet. Un moment suspendu. Il avait décidé de les aborder, mais n'avait pas préparé la moindre phrase d'attaque. Peut-être était-il simplement ému ? Les filles considéraient, étonnées, cet homme figé comme un point d'exclamation.

« Bonsoir… est-ce que je peux me permettre de vous offrir un verre ? » lâcha-t-il enfin, sans grande inspiration.

Chloé acquiesça, et il s'installa près d'elles avec le sentiment d'un chemin à moitié parcouru. Une fois qu'il fut assis, Nathalie pensa : il est stupide. Il me propose un verre alors que le mien est presque plein. Puis, subitement, elle changea d'avis. Elle se dit que son hésitation au moment de les aborder avait été touchante. Mais à nouveau l'agressivité reprit le dessus. Un mouvement incessant d'humeurs contradictoires s'emparait d'elle. Elle ne savait tout simplement que penser. Chacun de ses gestes était soumis à une volonté opposée.

Chloé prit en charge la conversation, accumulant les anecdotes positives sur Nathalie, la mettant en valeur. À l'écouter, c'était une femme moderne, brillante, drôle, cultivée, dynamique, précise, généreuse et absolue. Tout cela en moins de cinq minutes, si bien que l'homme n'avait qu'une seule question en tête : qu'est-ce qui cloche chez elle ? Pendant chacune des envolées lyriques de Chloé, Nathalie avait tenté d'émettre des sourires crédibles, assouplissant ses zygomatiques, et lors de rares éclats, elle sembla naturelle. Mais cette énergie-là l'avait épuisée. À quoi bon lutter pour paraître ? À quoi bon mettre toutes ses forces à se montrer sociable et agréable ? Et puis, quelle serait la suite ? Un autre rendez-vous ? La nécessité d'être de plus en plus dans la confidence ? Subitement, tout ce qui était simple et léger lui apparut sous un jour noir. Elle perçut, sous la conversation anodine, l'engrenage monstrueux de la vie à deux.

Elle s'excusa, et se leva pour aller aux toilettes. Face au miroir, elle s'observa un long moment. Chaque détail de son visage. Elle passa un peu d'eau sur ses joues. Se trouvait-elle belle ? Est-ce qu'elle avait un avis sur elle-même ? Sur sa féminité ? Il fallait remonter. Cela faisait plusieurs minutes qu'elle était là, immobile dans sa contemplation, en mouvement dans ses réflexions. De retour à sa table, elle saisit son manteau. Elle inventa quelque chose, mais ne prit pas la peine de paraître crédible. Chloé prononça une phrase qu'elle n'entendit pas. Elle était déjà dehors. Un peu plus tard, en se couchant, l'homme se demanda s'il avait été maladroit.

*Signes astrologiques des membres
du groupe de Nathalie*

Chloé : Balance
*
Jean-Pierre : Poissons
*
Albert : Taureau
*
Markus : Scorpion
*
Marie : Vierge
*
Benoît : Capricorne

35

Le lendemain matin, elle s'excusa rapidement auprès de Chloé, sans entrer dans les détails. Au bureau, elle était sa patronne. Elle était une femme forte. Elle précisa simplement qu'elle ne se sentait pas capable de sortir pour le moment. « C'est dommage », souffla sa jeune collègue. Ce fut tout. Il fallait passer à autre chose. Après cet échange, Nathalie resta un instant dans le couloir. Puis retourna à son bureau. Tous les dossiers lui apparurent enfin sous leur vrai jour : sans le moindre intérêt.

Elle ne s'était jamais complètement écartée du monde sensuel. Elle n'avait jamais vraiment cessé d'être féminine, y compris dans les moments où elle voulait mourir. C'était peut-être un hommage à François, ou simplement l'idée qu'il suffit parfois de se maquiller pour paraître vivante. Il était mort depuis trois ans. Trois ans à émietter une vie dans le vide. On lui avait souvent suggéré de se séparer des souvenirs. C'était peut-être la meilleure façon de cesser de vivre dans le passé. Elle repensait à cette expression : « se séparer des souvenirs ». Comment quitte-t-on un souvenir ? Pour les objets, elle en avait accepté l'idée. Elle ne supportait plus la présence de ceux qu'il avait touchés. Alors, il ne lui restait plus grand-chose, à part cette photo rangée dans le grand tiroir de son bureau. Une photo qui paraissait perdue. Elle la regardait souvent, comme pour se persuader que cette histoire avait bien existé. Dans le tiroir, il y avait aussi un petit miroir. Elle le prit pour s'observer, comme le ferait un homme qui la verrait pour la première fois. Elle se leva, se mit à marcher, fit des allers-retours dans son bureau. Les mains sur ses hanches. À cause de la moquette, on n'entendait pas le bruit de ses talons aiguilles. La moquette, c'est le meurtre de la sensualité. Mais qui avait bien pu inventer la moquette ?

Quelqu'un frappa. Discrètement, avec deux doigts, pas plus. Nathalie sursauta comme si ces dernières secondes lui avaient fait croire qu'elle pouvait être seule au monde. Elle dit : « Entrez », et Markus entra. C'était un collègue originaire d'Uppsala, une ville suédoise qui n'intéresse pas grand monde. Même les habitants d'Uppsala[1] sont gênés : le nom de leur ville sonne presque comme une excuse. La Suède possède le taux de suicide le plus élevé au monde. Une alternative au suicide est l'émigration en France, voilà ce qu'avait dû penser Markus. Il était doté d'un physique plutôt désagréable, mais on ne pouvait pas dire non plus qu'il était laid. Il avait toujours une façon de s'habiller un peu particulière : on ne savait pas s'il avait récupéré ses affaires chez son grand-père, à Emmaüs, ou dans une friperie à la mode. Le tout formait un ensemble peu homogène.

« Je viens vous voir pour le dossier 114 », dit-il.

Fallait-il qu'en plus de son étrange apparence il prononce des phrases aussi stupides ? Nathalie n'avait aucune envie de travailler aujourd'hui. C'était la première fois depuis si longtemps. Elle se sentait comme désespérée : elle aurait presque pu partir en vacances à Uppsala, c'est dire. Elle observait Markus qui ne bougeait pas. Il la regardait, avec émerveillement. Pour lui, Nathalie représentait cette sorte de féminité

---

1. Certes, on peut naître à Uppsala et devenir Ingmar Bergman. Cela dit, son cinéma peut aider à imaginer la tonalité de cette ville.

inaccessible, doublée du fantasme que certains développent à l'endroit de tout supérieur hiérarchique, de tout être en position de les dominer. Elle décida alors de marcher vers lui, de marcher lentement, vraiment lentement. On aurait presque eu le temps de lire un roman pendant cette avancée. Elle ne semblait pas vouloir s'arrêter, si bien qu'elle se retrouva tout près du visage de Markus, si proche que leurs nez se touchèrent. Le Suédois ne respirait plus. Que lui voulait-elle ? Il n'eut pas le temps de formuler plus longuement cette question dans sa tête, car elle se mit à l'embrasser vigoureusement. Un long baiser intense, de cette intensité adolescente. Puis subitement, elle recula :

« Pour le dossier 114, nous verrons plus tard. »

Elle ouvrit la porte, et proposa à Markus de sortir. Ce qu'il fit difficilement. Il était Armstrong sur la Lune. Ce baiser était un si grand pas pour son humanité. Il resta un instant, immobile, devant la porte du bureau. Nathalie, elle, avait déjà complètement oublié ce qui venait de se produire. Son acte n'avait aucun lien avec l'enchaînement des autres actes de sa vie. Ce baiser, c'était la manifestation d'une anarchie subite dans ses neurones, ce qu'on pourrait appeler : un acte gratuit.

Invention de la moquette

Il semble difficile de savoir qui a inventé la moquette. Selon le Larousse, la moquette n'est qu'« un tapis vendu au mètre ».

Voilà une expression qui justifie le caractère minable de son existence.

38

Markus était un homme ponctuel, et aimait rentrer chez lui à sept heures quinze précises. Il connaissait les horaires du RER comme d'autres connaissent les parfums préférés de leur femme. Il n'était pas malheureux de ce quotidien huilé. Il lui arrivait d'avoir l'impression d'être ami avec ces inconnus qu'il croisait chaque jour. Ce soir-là, il avait envie de crier, de raconter sa vie à tout le monde. Sa vie avec les lèvres de Nathalie sur les siennes. Il voulait se lever, et descendre à la première station venue, comme ça, juste pour avoir le sentiment de déraper de l'habitude. Il voulait être fou, et c'était bien la preuve qu'il ne l'était pas.

Tandis qu'il marchait vers son domicile, des images de son enfance suédoise lui revinrent. Ce fut assez rapide. Les enfances en Suède ressemblent à des vieillesses en Suisse. Mais tout de même, il repensa à ces moments où il s'asseyait, tout au fond de la classe, juste pour contempler le dos des filles. Pendant des années, il avait admiré les nuques de Kristina, Pernilla, Joana, et de tant d'autres filles en A, sans jamais pouvoir effleurer une autre lettre. Il ne se souvenait pas de leurs visages. Il rêvait de les retrouver, juste pour leur dire que Nathalie l'avait embrassé. Pour leur dire qu'elles n'avaient pas su voir son charme. Ah, la vie était si douce.

Une fois devant son immeuble, il hésita. Nous sommes envahis par tant de chiffres à mémoriser. Les portables, les accès Internet, les cartes bancaires... alors forcément, il y a un moment où tout se mélange. On cherche à rentrer chez soi en utilisant son numéro de téléphone. Markus, dont le cerveau était parfaitement organisé, se sentait à l'abri de ce genre de déraillement, et pourtant c'est bien ce qui lui arriva ce soir-là. Impossible de se souvenir du code. Il tenta plusieurs combinaisons, en vain. Comment pouvait-on oublier le soir ce qu'on savait parfaitement le matin ? L'abondance d'informations nous propulsera-t-elle inéluctablement vers l'amnésie ? Finalement, un voisin arriva et se posta devant la porte. Il aurait pu ouvrir aussitôt, mais préféra savourer ce moment d'évidente domination. Dans son regard, on aurait presque dit que *se souvenir du code* était un signe de virilité. Le voisin s'activa enfin, et énonça pompeusement : « Je vous en prie, après vous. » Markus pensa : « Petit con, si tu savais ce que j'ai dans la tête, j'ai quelque chose

de si beau que cela efface les données inutiles… »
Il prit l'escalier, oublia aussitôt ce fâcheux contre-
temps. Il se sentait toujours aussi léger, repassait en
boucle dans sa tête la scène du baiser. C'était déjà
un film culte dans ses souvenirs. Il ouvrit enfin la
porte de son appartement, et trouva son salon bien
trop petit par rapport à son envie de vivre.

39

Code d'accès de l'immeuble de Markus

A9624

40

Le lendemain matin, il se réveilla très tôt. Si tôt
qu'il n'était même pas certain d'avoir dormi. Il attendait le soleil avec impatience, comme un rendez-
vous important. Qu'allait-il se passer aujourd'hui ?
Quelle serait l'attitude de Nathalie ? Et lui, que
devait-il faire ? Qui sait comment agir quand une
belle femme vous embrasse sans donner la moindre
raison ? Son esprit était assailli de questions, et ce
n'était jamais bon signe. Il devait respirer calmement (…) et (…), voilà, comme ça (…), très bien (…).

Et se dire que c'était simplement une journée comme les autres.

Markus aimait lire. C'était un beau point commun avec Nathalie. Il utilisait ses trajets quotidiens en RER pour assouvir cette passion. Il avait récemment acheté de nombreux livres et devait choisir celui qui allait accompagner cette grande journée. Il y avait cet auteur russe qu'il aimait bien, un auteur qu'on lisait nettement moins que Tolstoï ou Dostoïevski, sans que l'on sache vraiment pourquoi, mais l'ouvrage était trop volumineux. Il voulait un texte où il pourrait picorer selon ses désirs, car il savait qu'il ne parviendrait pas à se concentrer. C'est ainsi qu'il se décida pour *Syllogismes de l'amertume* de Cioran.

Une fois arrivé, il tenta de passer le plus de temps possible près de la machine à café. Pour que cela paraisse naturel, il en but plusieurs. Au bout d'une heure, il commença à se sentir un peu trop excité. Cafés noirs et nuit blanche, ce n'était jamais un bon mélange. Il passa aux toilettes, se trouva gris. Il retourna dans son bureau. Aucune réunion avec Nathalie n'était prévue aujourd'hui. Peut-être qu'il devrait simplement aller la voir ? Utiliser le prétexte du dossier 114. Mais il n'y avait rien à dire sur le dossier 114. Ce serait stupide. Il n'en pouvait plus de se laisser ainsi gangrener par l'hésitation. Après tout, c'était à elle de venir ! C'était elle qui l'avait embrassé. On n'avait pas le droit d'agir ainsi sans donner d'explication. C'était comme voler quelque chose et partir en courant. C'était exactement ça : elle était partie en courant de ses lèvres. Pourtant, il savait qu'elle ne viendrait pas le voir. Peut-être même qu'elle avait oublié ce moment, qu'il n'avait été pour elle qu'un acte gratuit ? Son intuition était bonne. Il sentait une injustice terrible dans cette possibilité : comment l'acte du baiser pouvait-il être gratuit pour elle alors qu'il avait une valeur inestimable pour lui ? Oui, hors de prix. Ce baiser était là, partout en lui, marchant dans son corps.

41

Extrait d'analyse du tableau Le Baiser
de Gustave Klimt

La plupart des œuvres de Klimt peuvent donner lieu à quantité d'interprétations, mais son utilisation antérieure du thème du couple enlacé dans la frise Beethoven et la frise Stoclet permet de voir dans *Le Baiser* l'ultime accomplissement de la quête humaine du bonheur.

42

Markus ne parvenait pas à se concentrer. Il voulait son explication. Il n'y avait qu'une façon de l'obtenir : créer un faux hasard. Faire des allers-retours devant le bureau de Nathalie, toute la journée s'il le fallait. Il y aurait bien un moment où elle sortirait et hop… il serait là, pure coïncidence, à marcher devant son bureau. En fin de matinée, il était complètement en sueur. Il pensa subitement : « Je ne suis pas sous mon meilleur jour ! » Si elle sortait maintenant, elle croiserait un homme dégoulinant qui perdait son temps à marcher dans le couloir sans rien faire. Il allait passer pour quelqu'un qui marche gratuitement.

Après le déjeuner, ses pensées du matin revinrent en force. Sa stratégie était la bonne, et il devait continuer ses allers-retours. C'était la seule solution. C'est si difficile de marcher, en faisant semblant d'aller quelque part. Il fallait avoir l'air précis et concentré ; le plus dur étant de se déplacer d'une manière faussement rapide. En fin d'après-midi, alors qu'il était épuisé, il croisa Chloé. Elle lui demanda :

« Ça va ? Tu es tout bizarre…

— Oui, oui, ça va. Je me dégourdis un peu les jambes. Ça m'aide à réfléchir.

— Tu es toujours sur le 114 ?

— Oui.

— Et ça se passe bien ?

— Oui, ça va. À peu près.

— Écoute, moi, je n'ai que des soucis avec le 108. Je voulais en parler à Nathalie, mais elle n'est pas là aujourd'hui.

— Ah bon ? Elle… n'est pas là ? demanda Markus.

— Non… elle est en déplacement en province, je crois. Bon, je te laisse, je vais essayer de régler ça. »

Markus resta sans réaction.

Il avait tellement marché qu'il aurait pu lui aussi être en province.

43

*Trois aphorismes de Cioran lus
par Markus dans le RER*

L'art d'aimer ?
C'est savoir joindre à un tempérament de vampire
la discrétion d'une anémone.

*

Un moine et un boucher se bagarrent à l'intérieur
de chaque désir.

*

Le spermatozoïde est un bandit à l'état pur.

44

Le lendemain, Markus arriva au bureau dans un état d'esprit tout différent. Il ne comprenait pas pourquoi il avait agi de manière aussi farfelue. Quelle idée de faire ainsi des allers-retours. Le baiser l'avait beaucoup perturbé, et il faut dire aussi que les derniers temps de sa vie affective avaient été particulièrement calmes, mais ce n'était pas une raison pour être si puéril. Il aurait dû conserver son sang-

82

froid. Il voulait toujours avoir une explication avec Nathalie, mais il ne tenterait plus de la croiser par le jeu d'un faux hasard. Il irait simplement la voir.

Il frappa énergiquement à la porte du bureau. Elle dit « entrez », et il entra sans flancher. C'est alors qu'il fut confronté à un problème majeur : elle était allée chez le coiffeur. Markus avait toujours été très sensible aux cheveux. Et là, c'était un spectacle déconcertant. Les cheveux de Nathalie étaient parfaitement lisses. D'une beauté étonnante. Si seulement elle les avait attachés, comme cela lui arrivait parfois, tout aurait été plus simple. Mais devant une telle manifestation capillaire, il se sentait dépourvu de mots.

« Oui Markus, c'est pour quoi ? »

Il interrompit sa dérive mentale. Et prononça finalement la première phrase qui lui vint à l'esprit :

« J'aime beaucoup vos cheveux.

— C'est gentil merci.

— Non, vraiment, je les adore. »

Nathalie fut étonnée par cette déclaration matinale. Elle ne savait si elle devait sourire ou être gênée.

« Oui, et donc ?

— …

— Vous n'êtes quand même pas venu me voir uniquement pour me parler de mes cheveux ?

— Non… non…

— Alors ? Je vous écoute.

— …

— Markus, vous êtes là ?

— Oui…

— Alors ?

— Je voudrais savoir pourquoi vous m'avez embrassé. »

Le souvenir du baiser revint au premier plan de sa mémoire. Comment avait-elle pu l'oublier ? Chaque instant se recomposait, et elle ne put réfréner une moue de dégoût. Était-elle folle ? Depuis trois ans, elle ne s'était approchée d'aucun homme, n'avait même jamais pensé s'intéresser à quelqu'un, et voilà qu'elle avait embrassé ce collègue insignifiant. Il attendait une réponse, ce qui était parfaitement compréhensible. Le temps passait. Il fallait parler :

« Je ne sais pas », souffla Nathalie.

Markus aurait voulu une réponse, un rejet même, mais certainement pas ce rien.

« Vous ne savez pas ?

— Non, je ne sais pas.

— Vous ne pouvez pas me laisser comme ça. Vous devez m'expliquer. »

Il n'y avait rien à dire.

Ce baiser était comme de l'art moderne.

45

Titre d'un tableau de Kazimir Malevitch

Carré blanc sur fond blanc (1918).

Par la suite, elle avait réfléchi : pourquoi ce baiser ? C'était juste comme ça. On ne maîtrise pas notre horloge biologique interne. En l'occurrence celle du deuil. Elle avait voulu mourir, elle avait tenté de respirer, elle avait réussi à respirer, puis à manger, elle avait même réussi à reprendre son travail, à sourire, à être forte, à être sociable et féminine, et puis le temps avait passé avec cette énergie boiteuse de la reconstruction, jusqu'au jour où elle était sortie dans ce bar, mais elle avait fui, ne supportant pas le manège de la séduction, persuadée que plus jamais elle ne pourrait s'intéresser à un homme, le lendemain pourtant, elle s'était mise à marcher sur la moquette, comme ça, une pulsion volée à l'incertitude, elle avait ressenti son corps comme un objet de désir, ses formes et ses hanches, et elle avait même regretté de ne pas pouvoir entendre le bruit des talons aiguilles, tout cela avait été subit, la naissance sans annonce d'une sensation, d'une force lumineuse.

Et c'est alors que Markus était entré dans la pièce.

Il n'y avait rien d'autre à dire. Notre horloge corporelle n'est pas rationnelle. C'est exactement comme un chagrin d'amour : on ne sait pas quand on s'en remettra. Au pire moment de la douleur, on pense que la plaie sera toujours vive. Et puis, un matin, on s'étonne de ne plus ressentir ce poids terrible. Quelle surprise de constater que le mal-être s'est enfui. Pourquoi ce jour-là ? Pourquoi pas plus tard, ou plus tôt ? C'est la décision totalitaire de notre corps. Pour cette pulsion du baiser, Markus ne devait pas chercher d'explication concrète. Il était apparu au bon moment. La plupart des histoires se résument d'ailleurs souvent à cette simple question du bon moment. Markus, qui avait raté tant de choses dans sa vie, venait de découvrir sa capacité à apparaître au moment idéal dans le champ de vision d'une femme.

Nathalie avait lu la détresse dans le regard de Markus. Après leur dernier échange, il était parti lentement. Sans faire de bruit. Aussi discret qu'un point-virgule dans un roman de huit cents pages. Elle ne pouvait pas le laisser comme ça. Elle était terriblement gênée d'avoir agi ainsi. Elle pensa, par ailleurs, que c'était un collègue adorable, respectueux de chacun, et cela accentuait son malaise à l'idée d'avoir pu le blesser. Elle le rappela dans son bureau. Il prit le dossier 114, sous le bras. Au cas où elle voudrait le voir pour une raison professionnelle. Mais il s'en foutait tellement du dossier 114. En se rendant à cette convocation, il fit un détour par les toilettes pour se mettre un peu d'eau sur le visage. Il ouvrit la porte, curieux de ce qu'elle allait lui dire.

« Merci d'être venu.

— Je vous en prie.

— Je voudrais m'excuser. Je ne savais pas quoi répondre. Et pour tout vous dire, je ne sais pas davantage maintenant…

— …

— Je ne sais pas ce qui m'a pris. Sûrement une pulsion physique… mais nous travaillons ensemble, et je dois dire que c'était parfaitement inapproprié.

— Vous parlez comme une Américaine. Ce n'est jamais bon signe. »

Elle se mit à rire. Quelle étrange réplique. C'était la première fois qu'ils parlaient d'autre chose que d'un dossier. Elle découvrait un indice de sa véritable personnalité. Elle devait se reprendre :

« Je parle comme la responsable d'un groupe de six personnes, dont vous faites partie. Vous êtes arrivé à un moment où je rêvais, et je n'ai pas saisi la réalité de l'instant.

— Mais cet instant a été le plus réel de ma vie », avait protesté Markus sans réfléchir. Cela était sorti de son cœur.

Les choses n'allaient pas être simples, pensa Nathalie. Il valait mieux clore cette conversation. Ce qu'elle fit rapidement. Un peu sèchement. Markus ne semblait pas comprendre. Il restait figé dans son bureau, cherchant en vain la force de repartir. À vrai dire, quand elle l'avait convoqué dix minutes plus tôt, il s'était imaginé que peut-être elle voudrait l'embrasser encore. Il avait voyagé dans ce rêve, et il venait de comprendre maintenant, de manière définitive, qu'il ne se passerait plus rien entre eux. Il avait été fou d'y croire. Elle l'avait juste embrassé comme ça. C'était difficile à admettre. Comme si on vous offrait le bonheur avant de vous le reprendre aussitôt. Il rêvait de n'avoir jamais connu le goût des lèvres de Nathalie. Il rêvait de n'avoir jamais connu cet instant, car il sentait bien qu'il lui faudrait des mois pour se remettre de ces quelques secondes.

Il avança vers la porte. Nathalie fut surprise de percevoir la formation d'une larme dans l'œil de Markus. Une larme qui n'avait pas encore coulé, mais qui attendait le couloir pour se laisser glisser. Lui, il voulait la retenir. Ne surtout pas pleurer devant Nathalie. C'était idiot, mais cette larme qu'il allait pleurer était imprévisible.

C'était la troisième fois qu'il pleurait devant une femme.

47

Pensée d'un philosophe polonais

Il y a des gens formidables
qu'on rencontre au mauvais moment.
Et il y a des gens qui sont formidables
parce qu'on les rencontre au bon moment.

48

Petite histoire sentimentale de Markus
à travers ses larmes

Avant toute chose, faisons abstraction ici des pleurs de l'enfance, les pleurs devant sa mère ou sa maîtresse d'école. Il ne s'agit que des pleurs de Markus pour des raisons sentimentales. Ainsi, avant cette larme qu'il avait tenté de maîtriser devant Nathalie, il avait déjà pleuré à deux reprises.

La première larme remontait au temps de sa vie en Suède, avec une jeune fille répondant au doux prénom de Brigitte. Pas très suédois comme nom, mais bon, Brigitte Bardot n'avait pas de frontières. Le père de Brigitte, ayant fantasmé toute sa vie sur ce mythe, n'avait pas trouvé meilleure idée que d'appeler sa fille ainsi. Passons sur le danger psychologique de dénommer sa fille en hommage à son rêve érotique. L'histoire familiale de Brigitte nous importe peu, n'est-ce pas ?

Brigitte faisait partie de cette curieuse catégorie des femmes précises. Sur chaque sujet, elle était capable de ne pas émettre le moindre avis aléatoire. Il en était de même de sa beauté : chaque matin, elle se levait avec la gloire sur le visage. Parfaitement sûre d'elle, elle s'asseyait toujours au premier rang, cherchant parfois à déstabiliser les professeurs masculins, jouant de son charme évident pour faire dévier les enjeux de la géopolitique. Quand elle entrait dans une pièce, les hommes la rêvaient aussitôt, et les femmes la détestaient d'instinct. Elle était le sujet de tous les fantasmes, ce qui finit par l'agacer. Elle eut alors cette inspiration géniale pour calmer les ardeurs : sortir avec le plus insignifiant des garçons. Ainsi, les mâles seraient effrayés, et les filles rassurées. Markus fut l'heureux élu, sans comprendre pourquoi le centre du monde s'intéressait subitement à lui. C'était comme si les États-Unis invitaient le Liechtenstein à déjeuner. Elle lui adressa une série de compliments, déclara le regarder souvent.

« Mais comment me vois-tu ? Je suis toujours au fond de la classe. Et toi toujours au premier rang ?

— C'est ma nuque qui m'a tout raconté. Ma nuque a des yeux », dit Brigitte.

C'est sur ce dialogue que naquit leur entente.

Entente qui fit beaucoup parler. Le soir, ils quittaient le lycée ensemble, sous les regards ahuris de tous. À cette époque, Markus n'avait pas encore une conscience aiguë de sa personne. Il se savait doté d'un physique peu agréable, mais cela ne lui paraissait pas surnaturel d'être avec une jolie femme. Depuis toujours, il avait entendu : « Les femmes ne sont pas aussi superficielles que les hommes ; le physique compte moins pour elles. L'essentiel sera toujours d'être cultivé et drôle ». Alors il avait appris beaucoup de choses, et tentait de faire preuve d'esprit. Avec quelque réussite, il faut l'avouer. Ainsi, les porosités de son visage s'effaçaient presque derrière ce que l'on pouvait appeler un certain charme.

Mais ce charme se fracassa avec l'amorce de la question sexuelle. Brigitte avait sûrement fait beaucoup d'efforts, mais le jour où il tenta de toucher ses seins merveilleux, elle ne maîtrisa pas sa main, et ses cinq doigts atterrirent sur la joue surprise de Markus. Il se retourna pour se regarder dans un miroir, et découvrit avec stupéfaction l'apparition du rouge sur la blancheur de sa peau. Pour toujours il se souviendrait de ce rouge, et associerait cette couleur à l'idée du rejet. Brigitte tenta de s'excuser en disant que son geste avait été impulsif, mais Markus comprit ce que les mots ne disaient pas. Quelque chose d'animal et de viscéral : il la dégoûtait. Il la regarda, et se mit à pleurer. Chaque corps s'exprimait à sa façon.

Ce fut la première fois qu'il pleura devant une femme.

Il obtint la version suédoise du baccalauréat, et décida de partir vivre en France. Un pays où les femmes n'étaient pas des Brigitte. Blessé par le premier épisode de sa vie sentimentale, il avait développé un sens de la protection. Il allait peut-être vivre une trajectoire parallèle au monde sensuel. Il avait peur de souffrir, de ne pas être désiré pour des raisons valables. Il était fragile, sans savoir combien la fragilité peut émouvoir une femme. Au bout de trois ans de solitude urbaine, désespérant de trouver l'amour, il décida de prendre part à une séance de *speed dating*. Ainsi, il allait rencontrer sept femmes avec qui il pourrait discuter pendant sept minutes. Temps infiniment court pour quelqu'un comme lui : il était persuadé qu'il lui faudrait au minimum un siècle pour convaincre un échantillon du sexe opposé de le suivre dans le chemin étroit de sa vie. Pourtant, il se passa quelque chose d'étrange ; dès la première rencontre, il eut le sentiment d'une tonalité réciproque. La fille s'appelait Alice[1] et tra-

1. C'est étrange de s'appeler Alice et de se retrouver dans ce type de soirées pour rencontrer un homme. En général, les Alice rencontrent facilement des hommes.

vaillait dans une pharmacie [1] où elle animait parfois des ateliers beauté [2]. À vrai dire, ce fut assez simple : la situation les gênait tellement tous les deux que ça leur permit de se détendre. Leur rencontre fut donc d'une parfaite simplicité, et après l'enchaînement des rendez-vous, ils se retrouvèrent pour étirer les sept minutes. Qui devinrent des jours, puis des mois.

Mais leur histoire ne dépassa pas l'année. Markus adorait Alice, mais ne l'aimait pas. Et surtout, il ne la désirait pas assez. C'était une équation atroce : pour une fois qu'il rencontrait quelqu'un de bien, il n'en était absolument pas amoureux. Sommes-nous toujours condamnés à l'inachevé ? Pendant les semaines de leur relation, il progressa dans son expérience de la vie à deux. Il découvrit ses forces, et sa capacité à se faire aimer. Oui, Alice tomba follement amoureuse de lui. C'était presque perturbant pour quelqu'un qui n'avait connu que l'amour maternel (et encore). Il y avait quelque chose de très doux et de simplement touchant chez Markus, un mélange de force qui rassure et de faiblesse attendrissante. Et c'est bien cette faiblesse qui lui fit repousser l'inévitable, à savoir quitter Alice. Mais il le fit pourtant un matin. La souffrance de la jeune femme lui causa une blessure particulièrement violente. Peut-être davantage que ses propres souffrances. Il ne put s'empêcher de pleurer, mais il savait

1. C'est étrange de s'appeler Alice et de travailler dans une pharmacie. En général, les Alice travaillent dans des librairies ou des agences de voyages.
2. À ce stade, on peut s'interroger : s'appelait-elle vraiment Alice ?

que c'était la bonne décision. Il préférait la solitude au creusement d'un fossé plus large entre leurs deux cœurs.

Ce fut donc la deuxième fois qu'il pleura devant une femme.

Depuis presque deux ans, il ne s'était rien passé dans sa vie. Il lui était arrivé de regretter Alice. Surtout lors de nouvelles séances de *speed dating* qui furent particulièrement décevantes, pour ne pas dire humiliantes, quand certaines filles ne faisaient même pas l'effort de lui parler. Alors, il avait décidé de ne plus y aller. Peut-être même avait-il tout simplement renoncé à l'idée de vivre à deux ? Il arrivait à ne plus y voir d'intérêt. Après tout, il y avait des millions de célibataires. Il pourrait se passer d'une femme. Mais il se disait cela pour se rassurer, pour ne pas penser à quel point il était malheureux de cette situation. Il rêvait tellement d'un corps féminin, et il en crevait parfois de se dire que tout cela lui serait sûrement interdit désormais. Qu'il n'aurait jamais plus de visa pour la beauté.

Et, subitement, Nathalie était venue l'embrasser. Sa responsable et la source évidente de ses fantasmes. Puis elle lui avait expliqué que cela n'avait pas existé. Alors voilà, il devait juste s'y faire. Ce n'était pas si grave après tout. Pourtant, il avait pleuré. Oui des larmes avaient coulé de ses yeux, et cela l'avait profondément surpris. Des larmes *imprévisibles*. Était-il si fragile ? Non ce n'était pas ça. Il avait souvent encaissé des situations bien plus difficiles. C'est juste qu'il avait été particulièrement ému par ce baiser ; parce que Nathalie était belle bien sûr, mais aussi par la folie de son mouvement. Personne ne l'avait jamais embrassé comme ça, sans prendre rendez-vous avec ses lèvres. C'était cette magie-là qui l'avait ému aux larmes. Et maintenant : aux larmes amères de la déception.

49

En partant ce vendredi soir, il était bien content de pouvoir se réfugier dans le week-end. Il utiliserait le samedi et le dimanche comme deux grosses couvertures. Il ne voulait rien faire, n'avait pas même le courage de lire. Alors, il s'installa devant la télévision. C'est ainsi qu'il assista à un spectacle exceptionnel, celui de l'élection du premier secrétaire du Parti socialiste français. Le second tour opposait deux femmes : Martine Aubry et Ségolène Royal. Jusqu'à présent, il ne s'était jamais vraiment intéressé à la politique française. Mais là, c'était une affaire passionnante. Mieux : une affaire qui allait lui donner des idées.

Dans la nuit de vendredi à samedi, les résultats étaient tombés. Mais personne ne pouvait vraiment dire qui avait gagné. Au petit matin, Martine Aubry fut finalement déclarée gagnante, avec seulement quarante-deux voix d'avance. Markus n'en revenait pas d'un si faible écart. Les partisans de Ségolène

Royal criaient au scandale : « Nous ne nous laisse-rons pas voler notre victoire ! » Une phrase fabu-leuse, pensa Markus. La perdante continuait ainsi à se battre, à contester les scores. Il faut dire que les informations du samedi semblaient lui donner raison, puisqu'on releva des fraudes et des erreurs. L'écart se réduisait de plus en plus. Complètement absorbé par cette affaire, Markus écouta la déclara-tion de Martine Aubry. Elle se présentait comme la nouvelle première secrétaire du Parti, mais ça n'al-lait pas être aussi simple. Le soir même, Ségolène Royal, sur le plateau du journal télévisé, annonça qu'elle aussi serait la prochaine secrétaire. Toutes deux se déclaraient gagnantes ! Markus fut subjugué par la détermination de ces deux femmes, et surtout par celle de la seconde qui, malgré une défaite, continuait de lutter avec une volonté extrême. Pour ne pas dire surnaturelle. Il voyait dans la vigueur de ces deux bêtes politiques tout ce qu'il n'était pas. Et c'est bien ce samedi soir, perdu dans la bataille tragi-comique des socialistes, qu'il décida de se battre. Qu'il décida de ne pas en rester là avec Nathalie. Même si elle lui avait dit que tout était perdu, que rien ne pouvait être envisagé, il continue-rait d'y croire. Il serait, coûte que coûte, le premier secrétaire de sa vie.

Sa première décision fut simple : la réciprocité. Si elle l'avait embrassé sans lui demander son avis, il ne voyait pas pourquoi il ne pourrait pas faire de même. Lundi matin, à la première heure, il irait la voir pour lui rendre la monnaie de ses lèvres. Pour cela, il se dirigerait vers elle d'un pas décidé (ce qui était la partie la plus complexe du programme : il n'avait jamais été très doué pour marcher d'un pas décidé), et l'agripperait de manière virile (ce qui était l'autre partie complexe du programme : il n'avait jamais été très doué pour faire quoi que ce soit de manière quelque peu virile). Autrement dit, l'attaque s'annonçait complexe. Mais il avait encore tout le dimanche devant lui pour se préparer. Un long dimanche de socialistes.

50

Propos tenus par Ségolène Royal,
au moment où elle est menée de 42 voix

Tu es insatiable Martine,
tu ne veux pas reconnaître ma victoire.

51

Markus était devant la porte de Nathalie. Il était temps d'agir, ce qui le propulsait dans l'immobilité la plus parfaite. Benoît, un collègue de son groupe, passa par là :
« Ben qu'est-ce que tu fais ?
— Heu… j'ai rendez-vous avec Nathalie.

— Et c'est en restant planté devant sa porte que tu penses la voir ?

— Non… c'est juste qu'on a rendez-vous à 10 heures… et qu'il est 9 h 59… alors, tu me connais, je n'aime pas être en avance… »

Le collègue s'éloigna, sensiblement dans le même état que ce jour d'avril 1992 où il avait vu une pièce de Samuel Beckett dans un théâtre de banlieue.

Markus était maintenant contraint d'agir. Il entra dans le bureau de Nathalie. Elle avait la tête plongée dans un dossier (peut-être le 114 ?) et la releva aussitôt. Il avança vers elle d'un pas décidé. Mais rien ne pouvait jamais être simple. À l'approche de Nathalie, il dut ralentir. Son cœur battait de plus en plus fort, une véritable symphonie de syndicalistes. Nathalie se demandait ce qui allait se passer. Et pour tout dire, elle éprouvait une certaine crainte. Pourtant, elle savait très bien que Markus était la gentillesse même. Que voulait-il ? Pourquoi ne bougeait-il pas ? Son corps était un ordinateur qui buggue, par excès de données. Les siennes étaient des données émotionnelles. Elle se leva, et lui demanda :

« Qu'est-ce qui se passe Markus ?

— …

— Tout va bien ? »

Il parvint à se reconcentrer sur ce qu'il était venu faire. Il la prit subitement par la taille, et l'embrassa avec une énergie que lui-même ne soupçonnait pas. Elle n'eut pas le temps de réagir qu'il avait déjà quitté le bureau.

52

Markus laissa derrière lui cette scène étrange de baiser volé. Nathalie voulut se replonger dans son dossier, mais décida finalement de partir à sa recherche. Elle avait ressenti quelque chose de compliqué à définir. À vrai dire, c'était la première fois depuis trois ans qu'on l'agrippait ainsi. Qu'on ne la prenait pas pour une chose fragile. Oui, c'était étonnant, mais elle avait été troublée par ce mouvement éclair, d'une virilité presque brutale. Elle marcha dans les couloirs de l'entreprise, demanda à droite à gauche où il était aux employés qu'elle croisait. Personne ne le savait. Il n'avait pas regagné son bureau. C'est alors qu'elle pensa au toit de l'immeuble. En cette saison, personne n'y allait, car il faisait très froid. Elle se dit qu'il devait y être. Une intuition juste. Il était là, près du rebord, dans une posture très calme. Il faisait des petits mouvements avec ses lèvres, des souffles sûrement. On aurait presque dit qu'il fumait, mais sans cigarette. Nathalie s'approcha de lui en silence : « Moi aussi, je viens parfois me réfugier ici. Pour respirer », dit-elle.

Markus fut surpris d'une telle apparition. Jamais il n'aurait pensé qu'elle partirait à sa recherche, après ce qui venait de se passer.

« Vous allez attraper froid, répondit-il. Et je n'ai même pas de manteau à vous proposer.

— Eh bien, on va attraper froid tous les deux. Voilà au moins un état sur lequel il n'y aura pas de différence entre nous.

— C'est malin ça.

— Non ce n'est pas malin. Et je ne suis pas maligne d'avoir agi comme je l'ai fait… enfin bon, tout de même, ce n'est pas comme si j'avais commis un crime !

— Alors vous ne connaissez rien à la sensualité. Un baiser de votre part, puis plus rien, bien sûr que c'est un crime. Au royaume des cœurs secs, vous seriez condamnée.

— Au royaume des cœurs secs ?… Vous ne m'aviez pas habituée à parler comme ça.

— C'est sûr que ce n'est pas avec le 114 que je vais faire de la poésie. »

*

Le froid modifiait leur visage. Et aggravait une certaine injustice. Markus devenait légèrement bleu, pour ne pas dire blafard, alors que Nathalie devenait pâle comme une princesse neurasthénique.

*

« Il vaut peut-être mieux qu'on rentre, dit-elle.

— Oui… qu'est-ce qu'on fait alors ?

— Mais… ça suffit maintenant. Il n'y a rien à faire. Je me suis excusée. On ne va pas en faire un roman tout de même.

— Pourquoi pas ? Moi je ne serais pas contre l'idée de lire une telle histoire.

— Bon on arrête. Je ne sais même pas ce que je fais à vous parler ici.

— D'accord, on arrête. Mais après un dîner.

— Quoi ?

— On dîne ensemble. Et après, je vous promets qu'on n'en parle plus.

— Je ne peux pas.

— Vous me devez bien ça… juste un dîner. »

Certaines personnes ont la capacité extraordinaire de prononcer une telle phrase. Capacité qui empêche l'autre de répondre par la négative. Nathalie sentait dans la voix de Markus toute sa conviction. Elle savait que ce serait une erreur d'accepter. Elle savait qu'il fallait reculer maintenant, avant qu'il ne soit trop tard. Mais, face à lui, il était impossible de refuser. Et puis, elle avait tellement froid.

53

*Information concrète à propos
du dossier 114*

Il s'agit d'une analyse comparée entre la France et la Suède de la régulation en milieu rural des balances du commerce extérieur sur une période allant de novembre 1967 à octobre 1974.

54

Markus était repassé chez lui, et tournait en rond devant son armoire. Comment s'habiller quand on dîne avec Nathalie ? Il voulait se mettre sur son 31. Ce nombre même était trop petit pour elle. Il aurait voulu se mettre au moins sur son 47, ou sur son 112, ou alors son 387. Il s'étourdissait de chiffres pour oublier les questions majeures. Devait-il porter une cravate ? Il n'avait personne pour l'aider. Il était seul au monde, et le monde était Nathalie. Habituellement assez sûr de ses préférences vestimentaires, il perdait pied en toutes choses, et ne savait pas choisir ses chaussures non plus. Il n'avait plus vraiment l'habitude de s'habiller pour sortir le soir. Et puis, c'était délicat tout de même ; elle était également sa responsable, ce qui ajoutait à la pression. Finalement, il parvint à se détendre, en se disant que l'apparence n'était pas forcément le plus important. Qu'avant tout il devait se montrer détendu, et avoir une conversation aisée sur des sujets variés. Surtout, il ne fallait pas parler travail. Interdiction absolue d'évoquer le dossier 114. Ne pas laisser déteindre l'après-midi sur leur soirée. Mais qu'est-ce qu'ils allaient se dire alors ? On ne change pas comme ça d'environnement. Ils allaient être comme deux bouchers à un congrès de végétariens. Non, c'était absurde. Le mieux était peut-être d'annuler. Il était encore temps. Problème de force majeure. Oui, je suis désolé, Nathalie. J'aurais tellement aimé, vous le savez bien, mais bon, c'est juste qu'aujourd'hui maman est morte. Ah non, pas bon ça, trop violent. Et trop Camus, pas bon le Camus pour annuler. Sartre, bien mieux. Je ne peux pas ce soir, vous comprenez, l'enfer c'est les autres. Une petite tonalité existentialiste dans la voix, ça passerait bien. Tout en divaguant, il se dit qu'elle avait dû chercher elle aussi des excuses pour annuler au dernier moment. Mais pour l'instant toujours rien. Ils avaient rendez-vous dans une heure, et pas de message. Elle devait être en train de chercher, c'est sûr. Ou alors peut-être qu'elle avait un problème de batterie avec son téléphone et que, du coup, elle était dans l'incapacité de le prévenir qu'elle avait un empêchement. Il continua à mouliner ainsi un moment, puis n'ayant pas de nouvelles, il sortit avec le sentiment d'avoir à accomplir une mission spatiale.

55

Il avait choisi un restaurant italien, non loin de chez elle. Elle était déjà bien gentille de dîner avec lui, alors il ne voulait pas lui faire traverser la ville. Comme il était en avance, il commanda deux vodkas au bistrot d'en face. Il espérait y puiser du courage, et un peu d'ivresse aussi. L'alcool ne fit aucun effet, et il alla s'installer dans le restaurant. C'est donc dans un état de parfaite lucidité qu'il découvrit Nathalie, ponctuelle. Il pensa aussitôt qu'il était heureux de ne pas être saoul. Il n'aurait pas voulu que l'ivresse saccage le plaisir de la voir apparaître. Elle avançait vers lui… elle était si belle… de cette beauté à mettre des points de suspension partout… Et puis, il pensa qu'il ne l'avait jamais vue le soir. Il était presque étonné qu'elle puisse exister à cette heure-ci. Il devait être du genre à penser que la beauté se range dans une boîte pendant la nuit. Il fallait croire que non, car elle était là, maintenant. Face à lui.

Il se leva pour la saluer. Elle n'avait jamais remarqué qu'il était aussi grand. Il faut dire aussi que la moquette de l'entreprise tasse les employés. Au-dehors, tout le monde paraît plus grand. Elle se souviendrait longtemps de cette première impression de grandeur.

« Merci d'être venue, ne put s'empêcher de dire Markus.

— Je vous en prie...

— Non... c'est vrai, je sais que vous travaillez beaucoup... surtout en ce moment.... avec le dossier 114... »

Elle lui lança un regard.

Il se mit à rire, d'une manière gênée.

« Je m'étais promis pourtant de ne pas parler du dossier... mon Dieu, je suis ridicule... »

Nathalie sourit à son tour. C'était la première fois, depuis la mort de François, qu'elle se retrouvait dans la position de devoir rassurer quelqu'un. Cela allait lui faire du bien. Sa gêne avait quelque chose d'émouvant. Elle se souvint du dîner avec Charles, de l'assurance qu'il dégageait, et se sentait plus à l'aise maintenant. À dîner avec un homme qui la regardait de la même manière qu'un politique aurait constaté sa victoire à une élection à laquelle il ne se serait pas présenté.

« Il vaut mieux ne pas parler de notre travail, dit-elle.

— Alors on parle de quoi ? De nos goûts ? C'est très bien les goûts pour commencer une discussion.

— Oui… enfin c'est un peu bizarre de réfléchir comme ça à ce que l'on peut se dire.

— La recherche d'un sujet de conversation me semble être un bon sujet de conversation. »

Elle aimait cette phrase, et la façon qu'il avait eue de la prononcer. Elle reprit :

« Vous êtes drôle, en fait.

— Merci. J'ai l'air si sinistre que ça ?

— Un peu… oui, dit-elle en souriant.

— Revenons aux goûts. C'est mieux.

— Je vais vous dire quelque chose. Je ne réfléchis plus vraiment à ce que j'aime ou à ce que je n'aime pas.

— Je peux vous poser une question ?

— Oui.

— Est-ce que vous êtes nostalgique ?

— Non, je ne le crois pas.

— C'est plutôt rare pour une Nathalie.

— Ah bon ?

— Oui, les Nathalie ont une nette tendance à la nostalgie. »

À nouveau, elle sourit. Elle n'avait plus l'habitude. Mais les mots de cet homme étaient souvent déconcertants. On ne pouvait jamais savoir ce qu'il allait dire. Elle pensa que ses mots étaient dans son cerveau comme des boules de Loto avant de sortir. Avait-il d'autres théories sur elle ? La nostalgie. Elle se posa sincèrement la question de son rapport à la nostalgie. Markus l'avait subitement propulsée dans des images du passé. Instinctivement, elle pensa à l'été de ses huit ans. Quand elle était partie avec ses parents en Amérique, deux mois fabuleux à sillonner les grands espaces de l'Ouest. Ces vacances avaient été marquées par une passion : celle des Pez. Ces petits bonbons qu'on glisse dans des figurines. Il suffit d'appuyer sur la tête pour que le jouet propose un bonbon. Cet objet fixait l'identité d'un été. Plus jamais elle n'en avait trouvé. Nathalie évoqua ce souvenir au moment où le serveur apparut.

« Vous avez choisi ? demanda-t-il.

— Oui. On va prendre deux risottos aux asperges. Et pour le dessert… on prendra des Pez, dit Markus.

— Des quoi ?

— Des Pez.

— Nous n'avons pas de… Pez, monsieur.

— C'est dommage », conclut Markus.

Le serveur repartit légèrement agacé. Dans son corps, le sens professionnel et le sens de l'humour étaient comme deux droites parallèles. Il ne comprenait pas ce que faisait une telle femme avec un tel homme. À coup sûr, il était producteur de cinéma et elle était actrice. Il y avait forcément une raison professionnelle à dîner avec un phénomène masculin aussi bizarre. Et c'était quoi cette histoire de « pèze » ? Il n'avait pas du tout aimé cette allusion à l'argent. Il connaissait bien ce genre de clients qui passent leur temps à rabaisser les serveurs. Ça ne se passerait pas comme ça.

Nathalie trouvait que cette soirée prenait une tournure charmante. Markus l'amusait.

« Vous savez, c'est la deuxième fois seulement que je sors en trois ans.

— Vous voulez ajouter de la pression à la pression ?

— Mais non, tout va bien.

— Tant mieux. Je vais faire en sorte que vous passiez une bonne soirée, sinon vous allez à nouveau hiberner. »

Il y avait beaucoup de simplicité entre eux. Nathalie se sentait bien. Markus n'était ni un ami ni quelqu'un avec qui elle envisageait un rapport de séduction. Il était un monde confortable, un monde sans aucun lien avec son passé. Toutes les conditions d'une soirée indolore étaient enfin réunies.

56

Ingrédients nécessaires pour le risotto
aux asperges

200 g de riz Arborio (ou riz rond)
500 g d'asperges
100 g de pignons de pin
1 oignon
20 cl de vin blanc sec
10 cl de crème liquide
80 g de parmesan râpé
huile de noisette
sel
poivre

*

Pour les tuiles au parmesan

80 g de parmesan râpé
50 g de pignons de pin
2 cuillères à soupe de farine
quelques gouttes d'eau

57

Markus avait souvent observé Nathalie. Il aimait
la voir marcher dans les couloirs avec des tailleurs
à tomber sur la moquette. L'idée de son image fan-
tasmée entrait en collision avec son image réelle.
Comme tout le monde, il savait ce qu'elle avait
vécu. Pourtant, il n'avait toujours vu d'elle que ce
qu'elle montrait : une femme rassurante et pleine
d'assurance. En la découvrant subitement dans un
autre cadre où elle avait moins à paraître, il eut le
sentiment d'accéder à sa fragilité. D'une manière
infime c'est vrai, mais, par éclairs, elle baissait la
garde. Plus elle se détendait, plus sa vraie nature
transparaissait. Ses faiblesses, celles de sa douleur,
apparaissaient paradoxalement avec ses sourires.
Par un effet balançoire, Markus commença à
endosser un rôle plus fort, presque protecteur. Face
à elle, il se sentait drôle et vivant, viril même. Il
aurait voulu vivre toute sa vie avec l'énergie de ces
minutes.

Dans son costume d'homme-qui-prend-la-situation-en-main, il ne pouvait tout de même pas commettre un sans-faute. En commandant une seconde bouteille, il s'embrouilla dans le nom des vins. Il avait fait semblant de s'y connaître, et le serveur n'avait pas hésité à lui envoyer une pique le renvoyant à sa méconnaissance. Sa petite vengeance personnelle. Markus fut profondément agacé, si bien qu'au moment où le serveur apporta la bouteille, il osa :

« Ah merci monsieur. Nous avions soif. Et nous boirons à votre santé.

— Merci. C'est gentil.

— Non, ce n'est pas gentil. Il y a une tradition en Suède qui dit que tout le monde peut changer de place à tout moment. Que rien n'est jamais définitif. Et que vous qui êtes debout, vous pourrez être assis un jour. D'ailleurs, si vous voulez, je me lève maintenant, et je vous laisse ma place. »

Markus se leva subitement, et le serveur ne sut comment réagir. Il eut un sourire gêné, et laissa la bouteille. Nathalie se mit à rire, sans comprendre vraiment l'attitude de Markus. Elle avait aimé cette irruption du grotesque. Laisser sa place au serveur, c'était peut-être la meilleure façon de le remettre à sa place. Elle appréciait ce qu'elle considérait comme un moment poétique. Elle trouvait que Markus avait un petit côté « pays de l'Est » absolument charmant. Il y avait comme de la Roumanie ou de la Pologne dans sa Suède.

« Vous êtes sûr que vous êtes suédois ? demanda-t-elle.

« — Comme je suis heureux de cette question. Vous ne pouvez pas imaginer. Vous êtes la première à mettre en doute mes origines… vous êtes vraiment fabuleuse.

— C'est si dur que ça d'être suédois ?

— Vous ne pouvez pas imaginer. Quand je retourne là-bas, tout le monde me dit que je suis un boute-en-train. Vous imaginez ? Moi, un boute-en-train ?

— Effectivement.

— Là-bas, être sinistre est une vocation. »

La soirée continua ainsi, alternant les moments de découverte, et les moments où le bien-être donne la sensation de connaître l'autre. Alors qu'elle comptait rentrer tôt, il était déjà plus de minuit. Autour d'eux, les gens partaient. Le serveur tenta de leur faire comprendre d'une manière grossière qu'il serait peut-être temps d'envisager de partir. Markus se leva pour aller aux toilettes, et paya l'addition. Ce fut fait avec beaucoup d'élégance. Une fois dehors, il proposa de la raccompagner en taxi. Il était si prévenant. Devant son appartement, il posa une main sur son épaule, et l'embrassa sur la joue. Il comprit à cet instant ce qu'il savait déjà : il était éperdument amoureux d'elle. Nathalie trouva que chacune des attentions de cet homme avait été délicate. Elle avait vraiment été heureuse de ce moment en sa compagnie. Elle ne pouvait penser à rien d'autre. Allongée sur son lit, elle lui envoya un texto pour le remercier. Et elle éteignit la lumière.

Texto envoyé par Nathalie à Markus
après leur premier dîner

Merci pour cette belle soirée.

Il répondit simplement : « Merci de l'avoir rendue belle. » Il aurait voulu répondre quelque chose de plus original, de plus drôle, de plus émouvant, de plus romantique, de plus littéraire, de plus russe, de plus mauve. Mais finalement, cela allait très bien avec la tonalité du moment. Dans son lit, il sut qu'il ne serait pas capable de s'endormir : comment aller vers le rêve quand on vient de le quitter ?

Il parvint à dormir un peu, mais fut réveillé par une angoisse. Quand un rendez-vous se passe bien, on est fou de joie. Et puis, progressivement, la lucidité vous pousse à anticiper la suite des événements. Si les choses se passent mal, au moins, c'est limpide : on ne se revoit plus. Mais là, comment agir ? Toute l'assurance et les certitudes acquises pendant le dîner s'étaient dispersées dans la nuit : on ne devrait jamais fermer les yeux. Ce sentiment fut matérialisé par une action simple. Aux premières heures de la journée, Nathalie et Markus s'étaient croisés dans le couloir. L'un allait vers la machine à café, l'autre en revenait. Après un échange de sourires gênés, ils avaient prononcé un bonjour légèrement surjoué. Tous deux avaient été incapables de dire un mot de plus, de trouver une anecdote susceptible de déboucher sur un sujet de conversation. Rien, même pas rien. Même pas une petite allusion au temps qu'il faisait, une histoire de nuage, de soleil, non rien, pas d'espoir d'amélioration. Ils s'étaient quittés sur ce malaise. Ils n'avaient rien eu à se dire. Certains appellent ça le *vide sidéral de l'après-coup*.

Dans son bureau, Markus tenta de se rassurer. C'était tout à fait normal de ne pas être toujours dans la perfection. La vie, c'est surtout des moments brouillons, des ratures, des blancs. Shakespeare n'évoque que les moments forts de ses personnages. Mais Roméo et Juliette dans un couloir, au lendemain matin d'une belle soirée, c'est certain qu'ils n'ont rien à se dire. Tout cela n'était pas grave. Il devait plutôt se concentrer sur l'avenir. Voilà l'important. Et on pouvait dire qu'il s'en sortait bien. Très vite, il fut submergé par des idées de soirées, des propositions nocturnes. Il nota tout sur une grande feuille, c'était comme un plan d'attaque. Dans son petit bureau, le dossier 114 n'existait plus, le dossier 114 avait été effacé par le dossier Nathalie. Il ne savait pas à qui se confier, à qui demander conseil. Il avait bien quelques collègues avec qui il entretenait de bonnes relations. Avec Berthier notamment, il échangeait de temps à autre quelques confidences, et s'épanchait du côté de l'intime. Mais pour ce qui concernait Nathalie, il était hors de question d'en parler à quiconque ici. Il fallait murer dans le silence ses incertitudes. Du silence oui, mais il avait peur que son cœur, en tapant si fort, ne fasse trop de bruit.

Sur Internet, il consulta tous les sites qui pouvaient proposer des soirées romantiques, des promenades en bateau (mais il faisait froid) ou une soirée théâtre (mais on avait souvent chaud dans les salles (et puis il détestait le théâtre)). Il ne trouva rien de très excitant. Il avait peur que cela paraisse trop pompeux, ou bien pas assez. En d'autres termes, il n'avait aucune idée de ce qu'elle voulait, ni de ce qu'elle pensait. Si ça se trouve, elle ne voulait pas le revoir. Elle avait accepté de dîner une fois avec lui. Peut-être que ce serait tout. Elle avait fait en sorte que cela se passe bien. Et tout était fini. Les promesses n'engagent que le temps de la promesse. Mais tout de même, elle l'avait remercié pour cette belle soirée. Oui, elle avait écrit le mot « belle ». Markus se gargarisait de ce mot. Ce n'était pas rien. Une belle soirée. Elle aurait pu écrire : « une bonne soirée », mais non, elle avait préféré le mot : « belle ». C'était beau « belle ». Franchement, quelle belle soirée. On se serait cru à la grande époque des robes longues, et des carrosses… « Mais à quoi suis-je en train de penser ? » s'excita-t-il d'un coup. Il fallait agir et arrêter de rêvasser. Oui, il était bien beau ce « belle », mais ça lui faisait une belle jambe, maintenant qu'il fallait avancer, et poursuivre. Oh, il était désespéré. Il n'avait pas la moindre idée. Son aisance d'hier n'avait été qu'aisance d'un soir. Une illusion. Il retournait à sa condition minable d'homme sans qualités, d'homme sans la moindre idée pour organiser un deuxième rendez-vous avec Nathalie.

On frappa.

Markus dit « entrez ». La personne qui apparut était celle qui avait écrit avoir passé une belle soirée avec lui. Oui, Nathalie était là, bien réelle :

« Ça va ? Je ne vous dérange pas ? Vous avez l'air très concentré.

— Heu… non… non ça va.

— Je voulais vous proposer de m'accompagner demain au théâtre… j'ai deux places… alors si ça…

— J'adore le théâtre. Avec plaisir.

— Alors très bien. À demain soir. »

Il souffla également « à demain soir », mais c'était trop tard. La réplique flotta dans l'air, gênée de ne plus avoir d'oreille pour atterrir. Chaque particule de Markus éprouvait un bonheur intense. Et, au centre de ce royaume extatique, son cœur sautait de joie dans tout son corps.

D'une manière étrange, ce bonheur le rendit grave. Dans le métro, il observa chaque personne à l'intérieur du wagon, tous ces gens figés par le quotidien, et il ne se sentait plus vraiment un anonyme parmi eux. Il restait debout et, plus que jamais, il savait qu'il aimait les femmes. Une fois chez lui, il enchaîna les mouvements de sa routine. Mais il avait à peine envie de dîner. Il s'allongea sur son lit, tenta de lire quelques pages. Puis il éteignit la lumière. Seulement voilà :

il n'arriverait pas à dormir, tout comme il ne dormait presque pas depuis le premier baiser de Nathalie. Elle avait amputé son sommeil.

60

Extrait de la posologie du Guronsan

États de fatigue passagers de l'adulte.

61

La journée passa simplement. Il y eut même une réunion du groupe, tout à fait normale, et personne ne pouvait imaginer que Nathalie irait au théâtre le soir avec Markus. C'était plutôt agréable comme sentiment. Les employés adorent avoir des secrets, instaurer des liaisons souterraines, vivre une vie que personne ne sait. Ça pimente le couple qu'ils forment avec l'entreprise. Nathalie avait une capacité à scinder les choses. Son drame l'avait, à certains égards, insensibilisée. C'est-à-dire qu'elle dirigeait la réunion de manière robotique, oubliant presque que la journée déboucherait sur une soirée. Markus aurait bien voulu trouver dans l'œil de Nathalie une attention particulière, un signe de connivence, mais cela n'entrait pas dans sa mécanique.

Il en était de même pour Chloé qui aurait aimé que les autres perçoient, parfois, le lien privilégié qu'elle entretenait avec leur responsable. Elle était la seule à passer des moments qui auraient pu entrer dans la catégorie « tutoiement ». Depuis la fuite de Nathalie, Chloé ne cherchait pas à organiser une nouvelle sortie. Elle savait la part dangereuse que ces moments pouvaient comporter : être le témoin de la fragilité de sa supérieure pouvait se retourner contre elle. C'est pourquoi elle faisait attention à ne pas mélanger les genres, et à respecter parfaitement la hiérarchie. En fin de journée, elle vint la voir :

« Vous allez bien ? Nous nous sommes peu parlé depuis la dernière fois.

— Oui, c'est ma faute, Chloé. Mais c'était un bon moment, vraiment.

— Ah bon ? Vous êtes partie en trombe, et c'était un bon moment ?

— Oui, je vous assure.

— Tant mieux alors… vous voulez qu'on y retourne ce soir ?

— Ah non, désolée, je ne peux pas. Je vais au théâtre », dit Nathalie comme si elle annonçait la naissance d'un enfant vert.

Chloé ne voulut pas paraître surprise, mais il y avait de quoi l'être. Il valait mieux ne pas souligner le caractère événementiel d'une telle déclaration. Faire comme si de rien n'était. Une fois de retour dans son bureau, elle resta un instant à ranger les derniers éléments de son dossier, consulter ses mails, puis elle enfila son manteau pour partir. Alors qu'elle se dirigeait vers l'ascenseur, elle fut frappée par une vision improbable : Markus et Nathalie partaient ensemble. Elle s'approcha d'eux, sans qu'ils puissent la voir. Il lui sembla entendre le mot « théâtre ». Elle ressentit aussitôt quelque chose qu'elle n'arrivait pas à définir. Comme une gêne, un dégoût même.

62

Les sièges sont si étroits au théâtre. Markus était franchement mal à l'aise. Il regrettait d'avoir de grandes jambes, et c'était là un regret absolument stérile [1]. Sans compter un autre fait qui accentuait sa torture : rien de pire que d'être assis à côté d'une femme que l'on meurt d'envie de regarder. Le spectacle était à sa gauche, et non sur la scène. Et d'ailleurs, que voyait-il ? Cela ne l'intéressait pas plus que ça. Surtout qu'il s'agissait d'une pièce suédoise ! L'avait-elle fait exprès ? Un auteur qui avait fait ses études à Uppsala, en plus. Autant aller dîner chez ses parents. Il était trop distrait pour comprendre quoi que ce soit à l'intrigue. Ils en parleraient sûrement après, et il passerait pour un demeuré. Comment avait-il pu négliger cet aspect ? Il devait absolument se concentrer, et préparer quelques commentaires judicieux.

À la fin de la représentation, il fut tout de même surpris de ressentir une vive émotion. Peut-être même

1. La location de petites jambes n'existe pas.

de l'ordre de la filiation suédoise. Nathalie aussi semblait heureuse. Mais au théâtre, c'est difficile de savoir : parfois, les gens paraissent heureux, pour la simple raison que le calvaire s'achève enfin. Une fois dehors, Markus voulut se lancer dans la théorie qu'il avait échafaudée pendant l'acte III, mais Nathalie coupa court à la discussion :

« Je crois que nous devrions essayer de nous détendre maintenant. »

Markus pensa à ses jambes, mais Nathalie précisa :

« Allons boire un verre. »

C'était donc ça, se détendre.

63

Extrait de Mademoiselle Julie
d'August Strindberg
Adaptation française de Boris Vian
Pièce vue par Nathalie et Markus
lors de leur deuxième soirée

MADEMOISELLE

Suis-je censée vous obéir ?

JEAN

Pour une fois ; pour votre bien ! Je vous en prie !
La nuit est avancée, le sommeil rend ivre, la tête s'échauffe !

64

Il se passa alors quelque chose de déterminant. Un fait anodin qui allait prendre l'ampleur d'un fait majeur. Tout se passait exactement comme lors de leur première soirée. Le charme opérait, et progressait même. Markus s'en sortait avec élégance. Il souriait de son sourire le moins suédois possible ; presque une sorte de sourire espagnol. Il enchaînait quelques anecdotes savoureuses, dosait savamment références culturelles et allusions personnelles, réussissait les transitions de l'intime à l'universel. Il déployait gentiment cette belle mécanique de l'homme social. Mais, au cœur de son aisance, il fut subitement saisi par un trouble qui allait faire dérailler la machine : il ressentit l'apparition de la mélancolie.

Au début, ce fut une toute petite tache, comme une forme de nostalgie. Mais non, en se rapprochant bien, on pouvait discerner l'aspect mauve de la mélancolie. Et de plus près encore, on pouvait voir la vraie nature d'une certaine tristesse. D'une seconde à l'autre, comme une pulsion morbide et pathétique, il se retrouva face à la vacuité de cette soirée. Il s'interrogea : mais pourquoi suis-je en train d'essayer de paraître sous mon meilleur jour ? Pourquoi suis-je en train de faire rire cette femme, pourquoi suis-je en train de m'acharner à tenter de la ravir, elle qui m'est si radicalement inaccessible ?

Son passé d'homme incertain le rattrapait brutalement. Mais ce ne fut pas tout. Cette progression du repli fut tragiquement confortée par un second fait déterminant : il renversa son verre de vin rouge sur la nappe. Il aurait pu y voir une simple maladresse. Et peut-être même charmante : Nathalie avait toujours été sensible à la maladresse. Mais à cet instant, il ne pensait plus à elle. Il voyait en cet événement anodin un signe bien plus grave : l'apparition du rouge. De l'irruption sempiternelle du rouge dans sa vie.

« Ce n'est pas grave », dit Nathalie en remarquant la mine catastrophée de Markus.

Bien sûr que non : ce n'était pas grave. C'était tragique. Le rouge le renvoyait à Brigitte. À la vision des femmes du monde entier qui le rejetaient. Un ricanement bourdonnait dans ses oreilles. Les images de tous ses malaises remontaient en lui : il était un enfant qu'on moquait dans la cour d'école, il était un militaire qu'on bizutait, il était un touriste qu'on arnaquait. Voilà ce que représentait l'avancée de la tache rouge sur la nappe blanche. Il imaginait que le monde l'observait, le monde chuchotait sur son passage. Il flottait dans son costume de séducteur. Rien ne pouvait arrêter cette dérive paranoïaque. Dérive annoncée par la mélancolie, et le simple sentiment de penser le passé tel un refuge. À cet instant, le présent n'existait plus. Nathalie était une ombre, un fantôme du monde féminin.

Markus se leva et resta un instant suspendu dans le silence. Nathalie le regardait, sans savoir ce qu'il allait dire. Allait-il être drôle ? Allait-il être sinistre ? Finalement, il annonça d'un ton calme :

« Il vaut mieux que je parte.

— Pourquoi ? Pour le vin ? Mais… ça arrive à tout le monde.

— Non… ce n'est pas ça… c'est juste…

— C'est juste quoi ? Je vous ennuie ?

— Mais non… bien sûr que non… même morte, vous ne pourriez pas m'ennuyer…

— Alors quoi ?

— Alors rien. C'est juste que vous me plaisez. Vous me plaisez vraiment.

— …

— Je n'ai qu'une envie, celle de vous embrasser à nouveau… mais je ne peux pas imaginer un seul instant vous plaire… alors, je crois que le mieux est d'arrêter de nous voir … je souffrirai sûrement, mais cette souffrance sera plus douce, si j'ose dire…

— Vous réfléchissez tout le temps comme ça ?

— Mais comment faire pour ne pas réfléchir ? Comment faire pour être là, en face de vous, simplement ? Vous savez faire ça, vous ?

— Être en face de moi ?

— Vous voyez bien, c'est idiot ce que je dis. Il vaut mieux que je parte.

— J'aimerais que vous restiez.

— Pour quoi faire ?

— Je ne sais pas.

— Qu'est-ce que vous faites avec moi, là ?

— Je ne sais pas. Je sais juste que je suis bien avec vous, que vous êtes simple… prévenant… délicat avec moi. Et je me rends compte que j'ai besoin de ça, voilà.

— Et c'est tout ?

— C'est déjà beaucoup, non ? »

Markus était toujours debout. Nathalie se leva à son tour. Ils restèrent ainsi un instant, figés dans l'incertitude. Des têtes se tournèrent dans leur direction. Il est plutôt rare de ne pas bouger quand on est debout. Il faudrait peut-être penser à ce tableau de Magritte où des hommes tombent du ciel comme des stalactites. Il y avait donc un peu de peinture belge dans leur attitude, et bien sûr, cela n'était pas l'image la plus rassurante.

65

Markus quitta le café, abandonnant Nathalie. Le moment, en devenant parfait, l'avait fait fuir. Elle ne comprenait pas son attitude. Elle passait une bonne soirée, et maintenant, elle lui en voulait. Sans le savoir, Markus avait agi brillamment. Il avait réveillé Nathalie. Il la poussait à se poser des questions. Il avait dit qu'il voulait l'embrasser. Ce n'était donc que ça ? Est-ce qu'elle en avait envie ? Non, elle ne le pensait pas. Elle ne le trouvait pas spécialement… mais ce n'était pas vraiment important… pourquoi pas… elle trouvait qu'il avait quelque chose… et puis il était drôle… alors pourquoi était-il parti ? Quel idiot. Maintenant, tout était gâché. Elle était profondément agacée… quel idiot, oui quel idiot, continuait-elle pendant que les clients du café la regardaient. Elle, une très belle femme délaissée par un homme quelconque. Elle ne se rendait même pas compte de ces regards. Elle restait là, immobile dans son irritation frustrée de n'avoir pas maîtrisé la situation, de n'avoir pas su le retenir, ni le comprendre. Elle ne devait pas s'en vouloir, elle n'aurait rien pu faire. Elle était bien trop désirable à ses yeux pour qu'il puisse rester près d'elle.

Une fois rentrée, elle composa son numéro de téléphone, mais raccrocha avant la sonnerie. Elle aurait voulu qu'il l'appelle. Après tout, c'était elle qui avait pris l'initiative de cette deuxième soirée. Il aurait pu au moins la remercier. Envoyer un message. Elle était là, attendant devant son téléphone, et c'était la première fois depuis si longtemps qu'elle vivait cela : l'attente. Elle ne pouvait pas dormir, elle se servit un peu de vin. Et mit de la musique. Alain Souchon. Une chanson qu'elle aimait écouter avec François. Elle n'en revenait pas d'être capable de l'entendre, comme ça, sans s'effondrer. Elle continuait à tourner dans son salon, à danser un peu même, à laisser l'ivresse entrer en elle avec l'énergie d'une promesse.

66

Première partie de L'amour en fuite,
chanson d'Alain Souchon,
écoutée par Nathalie après
sa deuxième soirée avec Markus

Caresses photographiées sur ma peau sensible.
On peut tout jeter les instants, les photos, c'est libre.

Y a toujours le papier collant transparent
Pour remettre au carré tous ces tourments.

On était belle image, les amoureux fortiches.
On a monté le ménage, le bonheur à deux je t'en fiche.
Vite fait les morceaux de verre qui coupent et ça saigne.
La v'là sur le carrelage, la porcelaine.

Nous, nous, on n'a pas tenu le coup.
Bou, bou, ça coule sur ta joue.
On se quitte et y a rien qu'on explique.
C'est l'amour en fuite,
L'amour en fuite.

67

Markus avait marché le long du précipice, avec le sentiment du vent sous ses pas. En rentrant chez lui, ce soir-là, il avait continué d'être hanté par des images pénibles. Tout était peut-être lié à Strindberg ? Il faut sûrement éviter de se confronter aux angoisses de ses compatriotes. La beauté du moment, la beauté de Nathalie, tout cela, il l'avait perçu comme un ultime rivage : celui du ravage. La beauté était là, devant lui, le regardant droit dans les yeux, comme un avant-goût du tragique. C'était bien là le sujet de *Mort à Venise*, avec cette phrase centrale : « Celui qui contemple la beauté est prédestiné à la mort. » Alors oui, Markus pouvait paraître grandiloquent. Et même stupide d'avoir fui. Mais il faut avoir vécu des années dans le rien pour comprendre comment on peut être subitement effrayé par une possibilité.

Il ne lui avait pas téléphoné. Elle qui avait aimé son côté pays de l'Est allait être surprise de le découvrir à nouveau hiératique dans sa Suède. Plus la moindre particule polonaise en lui. Markus avait décidé de se fermer, de *ne plus jouer avec le feu féminin*. Oui, tels étaient les mots qui tournaient dans sa tête. Et la première conséquence fut la suivante : il décida qu'il ne la regarderait plus dans les yeux.

Le lendemain matin, en arrivant au bureau, Nathalie croisa Chloé. Avouons-le tout de suite, cette dernière était également une adepte du faux hasard. Il lui arrivait ainsi de faire des allers-retours dans les couloirs juste pour croiser sa responsable [1]. En véritable concierge, sans la moindre élégance du hérisson, elle allait tenter d'extorquer quelques confidences :

« Ah bonjour, Nathalie. Vous allez bien ?

— Oui ça va. Je suis juste un peu fatiguée.

— C'est votre pièce d'hier soir ? Elle était longue ?

— Non, pas spécialement… »

Chloé sentit que ce serait compliqué d'en savoir

---

1. On peut finalement se demander si le hasard existe vraiment ? Peut-être que toutes les personnes que l'on croise marchent dans notre périmètre avec l'espoir incessant de nous rencontrer ? En y repensant, c'est vrai qu'elles paraissent souvent essoufflées.

plus mais, par chance, un événement allait tout sim-
plifier. Markus marchait vers elles, et lui aussi semblait se trouver dans un état bizarre. La jeune femme
fit en sorte qu'il s'arrête :

« Ah bonjour, Markus, tu vas bien ?

— Oui ça va... et toi ?

— Ça peut aller. »

Il répondit en évitant de regarder ses interlocu-
trices. Cela donnait une impression très étrange,
comme celle de parler à quelqu'un de pressé. Étrange
car, justement, Markus n'avait pas l'air pressé du
tout.

« Ça va ? Tu as mal au cou ?

— Non... non... ça va... bon je dois y aller. »

Il repartit, laissant les deux femmes stupéfaites.
Chloé pensa aussitôt : « Il est terriblement gêné...
ils ont forcément couché ensemble... je ne vois pas
d'autre explication... pourquoi l'aurait-il ignorée
sinon ? » Alors, elle fit un grand sourire à Nathalie :

« Est-ce que je peux vous poser une question ?
Vous êtes allée avec Markus, hier, au théâtre ?

— Ça ne vous regarde pas.

— Très bien... c'est juste que je pensais qu'on
partageait des choses, toutes les deux. Moi, je vous
dis tout.

— Mais moi, je n'ai rien à dire. Bon, il vaut
mieux se remettre au travail. »

Nathalie avait été sèche. Elle n'avait pas aimé l'in-
trusion que Chloé s'était permise. On voyait bien
dans son œil la quête excitée du ragot. Chloé, gênée,
balbutia qu'elle organisait un pot pour son anniversaire le lendemain. Nathalie fit un vague signe qui

disait vaguement oui. Mais elle n'était plus certaine d'y aller.

Plus tard, dans son bureau, elle repenserait encore au manque de finesse de Chloé. Pendant des mois, Nathalie avait vécu avec des rumeurs sur son passage. Des observations discrètes pour savoir comment elle tenait le coup, ce qu'elle faisait, la façon dont elle s'investissait dans son travail. Cette surveillance, fût-elle profondément bienveillante, elle l'avait ressentie comme un poids. À cette époque, elle aurait voulu que personne ne la regarde. Les manifestations permanentes de tendresse lui avaient paradoxalement compliqué la tâche. Elle conservait un souvenir amer de cette période où elle avait attiré l'attention. Alors, en repensant à l'expression de Chloé, elle comprit qu'elle devait être discrète, et ne jamais rien évoquer de son histoire avec Markus. Mais était-ce une histoire ? Avec la mort de François, elle avait perdu tous ses repères. Elle avait le sentiment de retourner à l'adolescence. Que tout ce qu'elle savait de l'amour avait été ravagé. Son cœur battait sur des ruines. Elle ne comprenait pas l'attitude de Markus, et sa façon de ne plus la regarder. C'était vraiment du cinéma. Ou alors : était-il fou ? Une folie douce était plus que probable. Elle ne pensait pas : il faut vraiment aimer une femme pour ne pas vouloir la voir. Non, elle ne pensait pas cela. Elle s'installait simplement dans la confusion.

*Trois rumeurs concernant Bjorn Andresen,
l'acteur qui interpréta Tadzio,
dans* Mort à Venise *de Luchino Visconti*

Il aurait tué un acteur gay à New York.
*
Il serait mort dans le crash d'un avion au Mexique.
*
Il ne mangerait que de la salade verte.

Markus n'avait pas envie de travailler. Il restait debout devant sa fenêtre, à contempler le vide. La nostalgie était toujours en lui, et pour être plus précis : une nostalgie absurde. Cette illusion que notre passé sinistre possède tout de même un certain charme. À cet instant, son enfance, si pauvre eût-elle été, lui paraissait comme une source de vie. Il pensait à des détails, et les trouvait émouvants alors qu'ils avaient toujours été pathétiques. Il voulait trouver un refuge n'importe où, pourvu qu'il lui permette de s'évader du présent. Pourtant, ces derniers jours, il avait atteint une sorte de rêve romantique en allant au théâtre avec une belle femme. Alors, pourquoi éprouvait-il un si fort besoin de faire marche arrière ? Il fallait sûrement y voir quelque chose de simple, et que l'on peut définir ainsi : *la peur du bonheur*. On dit que l'on voit les plus beaux moments de sa vie défiler avant de mourir. Il paraît ainsi plausible que l'on puisse voir les ravages et ratages du passé défiler au moment où le bonheur est là, devant nous, avec un sourire presque inquiétant.

Nathalie lui avait demandé de passer dans son bureau, et il avait refusé.

« Je veux bien vous voir, avait-il dit. Mais par téléphone.

— Me voir par téléphone ? Vous êtes sûr que ça va ?

— Ça va, merci. Je vous demande juste de ne pas entrer dans mon champ de vision pendant quelques jours. C'est la seule chose que je vous demande. »

Elle était de plus en plus consternée. Et pourtant, il lui arrivait encore de se sentir séduite par autant de bizarrerie. Le terrain de ses interrogations était vaste. Elle se demandait si l'attitude de Markus n'était pas une forme de stratégie. Ou encore une forme moderne de l'humour en amour ? Bien sûr, elle se trompait. Markus était engoncé dans un premier degré consternant.

En fin de journée, elle décida de ne pas suivre ses recommandations, et entra dans son bureau. Aussitôt, il détourna le regard.

« Ça ne va pas ! En plus, vous entrez sans frapper.

— Parce que je veux que vous me regardiez.

— Je ne veux pas.

— Vous êtes toujours comme ça ? Ce n'est quand même pas à cause du verre de vin rouge ?

— En quelque sorte si.

— Vous le faites exprès ? Pour m'intriguer, c'est ça ? Je dois dire que ça marche.

— Nathalie, je vous promets qu'il n'y a rien d'autre à comprendre que ce que je vous ai dit. Je me protège, c'est tout. Ce n'est pas compliqué à saisir.

— Mais vous allez vous faire mal au cou en restant comme ça.

— Je préfère avoir mal au cou qu'au cœur. »

Elle resta en suspens avec cette dernière phrase, qu'elle traduisait comme une expression, comme un mot même : coukokeur. Puis elle reprit :

« Et si j'ai envie de vous voir ? Et si j'ai envie de passer du temps avec vous ? Et si je me sens bien avec vous ? Comment je fais ?

— Ce n'est pas possible. Ce ne sera jamais possible. Il vaut mieux que vous sortiez. »

Nathalie ne savait que faire. Devait-elle l'embrasser, le frapper, le virer, l'ignorer, l'humilier, le supplier ? Finalement, elle tourna la poignée de la porte, et sortit.

70

Le lendemain, en fin de journée, Chloé célébrait son anniversaire. Elle ne supportait pas qu'on puisse l'oublier. Dans quelques années, ce serait sûrement le contraire. On pouvait apprécier son énergie, cette façon de rendre flamboyant un univers sinistre, cette façon de propulser les employés présents dans une bonne humeur factice. Pratiquement tous les salariés de l'étage étaient là, et Chloé, au milieu d'eux, buvait une coupe de champagne. En attendant ses cadeaux. Il y avait quelque chose de touchant, de presque charmant dans la manifestation ridiculement exagérée de son narcissisme.

La pièce n'était pas très grande ; Markus et Nathalie s'efforçaient néanmoins de se tenir le plus éloignés possible l'un de l'autre. Elle avait finalement accédé à sa demande, et tentait tant bien que mal de ne pas apparaître dans son champ de vision. Chloé, qui suivait leur petit manège, n'était pas dupe. « Ils ont une façon de ne pas se parler qui en dit long », pensa-t-elle. Quelle perspicacité. Mais bon, elle ne voulait pas trop se préoccuper de cette histoire ; réussir son pot d'anniversaire, là était bien l'essentiel. Tous les employés, les Benoît et les Bénédicte, mollement debout, une coupe à la main, en costumes et tailleurs, avec cet art maîtrisé de la convivialité. Markus observait les petites excitations de chacun, et trouvait cela grotesque. Mais pour lui le grotesque possédait un aspect profondément humain. Lui aussi voulait participer à ce mouvement collectif. Il avait ressenti la nécessité de bien faire les choses. En fin d'après-midi, il avait commandé par téléphone un bouquet de roses blanches. Un immense bouquet absolument démesuré par rapport à sa relation avec Chloé. Comme un besoin de se raccrocher au blanc. À l'immensité du blanc. Un blanc qui répare le rouge. Au moment où la jeune femme qui livrait les fleurs était arrivée à l'accueil, Markus était descendu. Une image étonnante : Markus s'emparant d'un immense bouquet dans ce hall fonctionnel et sans âme.

Ainsi, il marcha vers Chloé, devancé par une masse sublime et blanche. Elle le vit venir et demanda :

« C'est pour moi ?

— Oui. Bon anniversaire, Chloé. »

Elle fut gênée. Instinctivement, elle tourna la tête vers Nathalie. Chloé ne savait que dire à Markus. Il y avait un blanc entre eux : leur carré blanc sur fond blanc. Tout le monde les regardait. Enfin ce qu'on pouvait voir de leur visage, les parcelles échappées du blanc. Chloé sentit qu'elle devait dire quelque chose, mais quoi ? Finalement :

« Il ne fallait pas. C'est trop.

— Oui, sûrement. Mais j'avais envie de blanc. »

Un autre collègue s'avança avec son cadeau, et Markus en profita pour reculer.

Nathalie avait observé la scène de loin. Elle avait voulu respecter les règles de Markus mais, profondément gênée par ce qu'elle avait vu, elle décida de venir lui parler :

« Pourquoi lui avez-vous offert un tel bouquet ?

— Je ne sais pas.

— Écoutez… je commence à en avoir marre de votre attitude d'autiste… vous ne voulez pas me regarder… vous ne voulez pas m'expliquer.

— Je vous promets que je ne sais pas. Je suis le

premier gêné. Je me rends bien compte que c'est disproportionné. Mais c'est comme ça. Quand j'ai commandé les fleurs, j'ai parlé d'un immense bouquet de roses blanches.

— Vous êtes amoureux d'elle, c'est ça ?

— Vous êtes jalouse ou quoi ?

— Je ne suis pas jalouse. Mais je commence à me demander si sous vos airs de dépressif tombé de sa Suède, vous n'êtes pas un grand séducteur.

— Et vous… une experte en âme masculine, c'est sûr.

— C'est ridicule tout ça.

— Ce qui est ridicule c'est que j'ai un cadeau aussi pour vous… et que je ne vous l'ai pas donné. »

Ils se regardèrent. Et Markus se dit : comment ai-je pu penser que je pouvais ne plus la voir ? Il lui adressa un sourire, et elle répondit à son sourire par un sourire. C'était à nouveau la valse des sourires. Étonnant comme parfois on prend des résolutions, on se dit que tout sera ainsi dorénavant, et il suffit d'un mouvement infime des lèvres pour casser l'assurance d'une certitude qui paraissait éternelle. Toute la volonté de Markus venait de s'effondrer devant l'évidence, celle du visage de Nathalie. Visage fatigué, visage brouillé par l'incompréhension, mais visage de Nathalie toujours. Sans parler, ils quittèrent discrètement la fête, pour se retrouver dans le bureau de Markus.

71

L'espace était étroit. Le soulagement entre eux suffisait à remplir la pièce. Ils étaient heureux de se retrouver seuls. Markus regardait Nathalie, et l'hésitation qu'il lisait dans ses yeux le bouleversait.

« Alors ce cadeau ? demanda-t-elle.

— Je vous le donne, mais il faut me promettre de ne pas l'ouvrir avant d'être chez vous.

— C'est d'accord. »

Markus lui tendit un petit paquet que Nathalie mit dans son sac. Ils restèrent un instant ainsi, *un instant qui dure encore maintenant*. Markus ne se sentait pas dans l'obligation de parler, de combler le vide. Ils étaient détendus, heureux de se retrouver. Au bout d'un moment, Nathalie dit :

« Il faut peut-être y retourner. Ça va paraître étrange si on ne revient pas.

— Vous avez raison. »

Ils quittèrent le bureau, et progressèrent dans le couloir. Une fois de retour sur le lieu de la fête, ils furent surpris : il n'y avait plus personne. Tout était rangé et terminé. Ils s'interrogèrent : combien de temps étaient-ils restés dans le bureau ?

Une fois chez elle, assise sur son canapé, Nathalie ouvrit le paquet. Elle découvrit un distributeur de Pez. Elle n'en revenait pas, car on n'en trouvait pas en France. Ce geste la touchait profondément. Elle remit son manteau, et ressortit. Elle arrêta un taxi en faisant un mouvement du bras (un geste qui lui parut subitement simple).

72

Article Wikipédia concernant les PEZ

Le nom PEZ est dérivé de l'allemand *Pfefferminz*, la menthe poivrée, qui fut le premier parfum commercialisé. PEZ est originaire d'Autriche et est exporté partout dans le monde. Le distributeur de PEZ est une des caractéristiques de la marque. Sa grande variété en fait un objet recherché par les collectionneurs.

73

Une fois devant la porte, elle hésita un instant. Il était si tard. Mais elle était venue jusqu'ici, alors c'était absurde de faire demi-tour. Elle sonna une première fois, puis une seconde. Rien. Elle se mit à frapper. Au bout d'un moment, elle entendit des pas.

« Qui est-ce ? demanda une voix angoissée.

— C'est moi », répondit-elle.

La porte s'ouvrit, et Nathalie eut une vision déconcertante. Son père avait les cheveux ébouriffés, les yeux hagards. Il paraissait sonné, un peu comme si on lui avait volé quelque chose. Finalement, c'était peut-être ça : il venait de se faire voler son sommeil.

« Mais qu'est-ce que tu fais là ? Il y a un problème ?

— Non… ça va… je voulais te voir.

— À cette heure-ci ?

— Oui, c'était urgent. »

Nathalie entra chez ses parents.

« Ta mère dort, tu la connais. Le monde pourrait s'arrêter qu'elle continuerait de dormir.

— Je savais que c'était toi que je réveillerais.

— Tu veux boire quelque chose ? Une tisane ? »

Nathalie acquiesça, et son père partit en cuisine. Il y avait quelque de chose de réconfortant dans leur relation. Passé la surprise, son père avait recouvré son attitude calme. On sentait qu'il allait prendre les choses en main. Et pourtant, à cet instant de la nuit, Nathalie pensa furtivement qu'il avait vieilli. Elle avait vu ça, juste à sa façon de marcher avec ses chaussons. Elle s'était dit : c'est un homme réveillé en pleine nuit, mais il prend le temps de mettre ses chaussons pour aller voir ce qui se passe. Cette précaution des pieds était touchante. Il fit son retour dans le salon.

« Alors qu'est-ce qui se passe ? Qu'est-ce qui ne pouvait pas attendre ?

— Je voulais te montrer ça. »

Elle sortit alors le Pez de sa poche, et aussitôt, le père eut la même émotion que sa fille. Ce petit objet les renvoyait au même été. Subitement, sa fille avait huit ans. Elle s'approcha alors de son père, délicatement, pour poser sa tête sur son épaule. Il y avait dans le Pez toute la tendresse du passé, tout ce qui s'était dilapidé avec le temps aussi, pas brutalement, mais de manière diffuse. Il y avait dans le Pez le temps d'avant le malheur, le temps où la fragilité se résumait à une chute, à une égratignure. Il y avait dans le Pez l'idée de son père, l'homme vers qui, enfant, elle aimait courir, sautant dans les bras et, une fois tout contre lui, elle pouvait penser à l'avenir avec une furieuse assurance. Ils restèrent ébahis par la contemplation du Pez qui portait toutes les nuances de la vie, objet infime et risible, et pourtant si émouvant.

C'est alors que Nathalie se mit à pleurer. À pleurer vraiment. Les larmes de cette souffrance retenue face à son père. Elle ne savait pas pourquoi mais elle ne s'était jamais laissée aller devant lui. Peut-être parce qu'elle était fille unique ? Peut-être parce qu'elle devait jouer aussi le rôle du garçon ? De celui qui ne pleure pas. Mais elle était une petite fille, une enfant qui avait perdu son mari. Alors, après tout ce temps, dans l'ambiance évaporée du Pez, elle se mit à pleurer dans les bras de son père. À se laisser dériver dans l'espoir de la consolation.

74

Le lendemain, en arrivant au bureau, Nathalie était un peu malade. Elle avait finalement dormi chez ses parents. Au petit matin, juste avant le réveil de sa mère, elle était repassée chez elle. Souvenir des nuits blanches de sa jeunesse, ces nuits où elle pouvait faire la fête jusqu'à l'aube, se changer et aller directement en cours. Elle ressentait ce paradoxe du corps : un état d'épuisement qui réveille. Elle passa voir Markus, et fut surprise de constater qu'il avait exactement la même tête que la veille. Une sorte de force tranquille de l'identique. C'était une pensée qui la rassurait, et la soulageait même.

« Je voudrais vous remercier… pour le cadeau.

— De rien.

— Est-ce que je peux vous offrir un verre ce soir ? »

Markus hocha la tête, en pensant : « Je suis amoureux d'elle, et c'est toujours elle qui prend l'initiative de nos rencontres. » Il pensa surtout qu'il ne devait plus avoir peur, qu'il avait été ridicule de reculer ainsi, de se protéger. On ne devrait jamais faire l'économie d'une douleur potentielle. Encore une fois, il continuait à réfléchir, à lui répondre même, alors qu'elle était partie depuis plusieurs minutes déjà. Il continuait de penser que tout cela pouvait le mener vers la souffrance, la déception, l'impasse affective la plus terrifiante qui soit. Pourtant, il avait envie d'y aller. Il avait envie de partir pour une destination inconnue. Rien n'était tragique. Il savait qu'il existait des navettes entre l'île de la souffrance, celle de l'oubli, et celle, plus lointaine encore, de l'espoir.

Nathalie avait proposé qu'ils se retrouvent directement au café. Il valait mieux être un peu discret après leur fuite de la veille. Et puis elle se souvenait aussi des questions de Chloé. Il était d'accord même si, au fond de lui, il aurait été capable d'organiser une conférence de presse pour annoncer chacun de ses rendez-vous avec Nathalie. Il arriva le premier, et décida de s'installer dans un endroit bien en vue. Un endroit stratégique pour que personne ne puisse manquer la scène de l'arrivée de la belle femme avec qui il avait rendez-vous. C'était un acte important, qu'il ne fallait certainement pas considérer comme superficiel. En aucun cas, cela n'était de l'ordre de la vanité masculine. Il fallait y voir autre chose de bien plus important : il y avait dans cet acte le premier accomplissement d'une acceptation de soi.

Pour la première fois depuis longtemps, il avait oublié de prendre un livre en partant de chez lui le matin. Nathalie lui avait dit qu'elle le rejoindrait le plus vite possible, mais il n'était pas exclu que son attente dure un peu. Markus se leva pour prendre un journal gratuit, et plongea dans la lecture. Il fut assez vite passionné par une affaire. Et c'est au cœur de ce fait divers que Nathalie fit son apparition :

« Ça va ? Je ne vous dérange pas ?

— Non, bien sûr que non.

— Vous aviez l'air tellement concentré.

— Oui, je lisais un article… sur un trafic de mozzarella. »

Nathalie partit alors dans un fou rire, un de ceux que l'on peut avoir quand on est fatigué. Elle n'arrivait plus à s'arrêter. Markus reconnut que cela pouvait être drôle, et se mit à rire aussi. L'idiotie les attrapait. Il avait simplement répondu, sans se poser de questions. Et maintenant, elle riait sans s'arrêter. C'était une vision absolument folle pour Markus. C'était comme s'il était en face d'un poisson avec des jambes (chacun ses métaphores). Depuis des années, pendant des centaines de réunions, il avait toujours vu une femme sérieuse, douce mais toujours sérieuse, oui. Il l'avait vue sourire bien sûr, il l'avait déjà fait rire même, mais ainsi non. C'était la première fois qu'elle riait avec une telle intensité. Pour elle, tout était là : ce moment était la justification pure de ce qu'elle aimait vivre avec Markus. Un homme assis dans un café, qui vous fait un grand sourire quand vous arrivez, et qui vous annonce avec sérieux qu'il lit un article sur un trafic de mozzarella.

75

Article paru dans le journal Métro *intitulé*
« *Un trafic de mozzarella démantelé* »

« Cinq personnes ont été placées en garde à vue hier et avant-hier dans le cadre du démantèlement d'un trafic de mozzarella « de très bonne qualité » à Bondoufle (Essonne). Selon Pierre Chuchkoff, chef d'escadron à la gendarmerie d'Évry, chargé de l'enquête, « entre 60 et 70 palettes, soit 30 tonnes, ont été stockées en deux ans » et revendues dans le département et jusqu'à Villejuif (Val-de-Marne). Un trafic qui n'est pas anodin puisque le préjudice est estimé à 280 000 euros. L'enquête menée depuis la plainte de la société Stef, en juin 2008, a permis de remonter une filière qui impliquerait notamment deux gérants de pizzerias dont l'une, située à Palaiseau, en serait la plaque tournante. Reste à déterminer qui dirigeait ce trafic et où est passé le butin de la mozzarella.

V.M. »

76

Au cours d'une histoire sentimentale, l'alcool accompagne deux moments opposés : quand on découvre l'autre et qu'il faut se raconter, et quand on n'a rien plus rien à se dire. C'était maintenant la première étape. Celle où l'on ne voit pas le temps qui passe, celle où l'on refait l'histoire, et notamment la scène du baiser. Nathalie avait pensé que ce baiser avait été dicté par le hasard de la pulsion. Peut-être que non ? Que le hasard n'existait pas. Que tout cela n'avait été que le cheminement inconscient d'une intuition. L'impression qu'elle se sentirait bien avec cet homme. Cela la rendait heureuse, puis grave, puis heureuse à nouveau. Un voyage incessant de l'allégresse à la tristesse. Et maintenant, le voyage les menait dehors. Vers le froid. Nathalie ne se sentait pas très bien. Elle avait attrapé froid avec les allers-retours nocturnes de la veille. Où allaient-ils ? S'annonçait le genre de promenade longue, car on n'ose pas encore aller chez l'autre, et l'on ne veut surtout pas se séparer. On laisse s'éterniser le sentiment d'indécision. Et c'est encore plus fort la nuit.

« Est-ce que je peux vous embrasser ? demanda-t-il.

— Je ne sais pas... j'ai un début de rhume.

— Ce n'est pas grave. Je suis prêt à être malade avec vous. Je peux vous embrasser ? »

Nathalie avait tellement aimé qu'il lui pose la question. C'était une forme de délicatesse. Chaque moment avec lui sortait de l'ordinaire. Après ce qu'elle avait vécu, comment aurait-elle pu imaginer être à nouveau dans l'émerveillement ? Cet homme-là avait quelque chose d'unique.

Elle dit oui, d'un mouvement de tête.

77

Dialogue du film Celebrity *de Woody Allen, qui inspira la réplique de Markus*

CHARLIZE THERON

Tu n'as pas peur de la contagion ? J'ai un rhume.

KENNETH BRANAGH

De toi, j'attraperais même un cancer incurable.

78

Les soirées peuvent être extraordinaires, les nuits inoubliables, et pourtant elles aboutissent toujours à des matins comme les autres. Nathalie prenait l'ascenseur pour rejoindre son bureau. Elle détestait se retrouver avec quelqu'un dans ce réduit, devoir sourire et échanger des politesses, alors elle faisait en sorte d'attendre un convoi vide. Elle aimait ce moment de quelques secondes où elle s'élevait vers sa journée, dans cette cage qui fait de nous des fourmis dans une galerie. En sortant, elle tomba nez à nez avec son patron. Ce n'était pas une expression : ils se cognèrent véritablement.

« C'est étonnant… je me disais qu'on ne se voyait pas beaucoup en ce moment… et hop, je tombe sur toi ! Si j'avais su que j'avais ce pouvoir-là, j'aurais émis un autre souhait…

— C'est malin, ça.

— Plus sérieusement, il faut que je te parle. Tu peux passer me voir tout à l'heure ? »

Ces derniers temps, Nathalie avait presque oublié l'existence de Charles. Il était comme un vieux numéro de téléphone, un élément qui n'a plus de prise avec la modernité. Il était un pneumatique. Elle trouvait étrange de devoir retourner dans son bureau. Depuis combien de temps n'y était-elle pas allée ? Elle ne le savait pas précisément. Le passé commençait à se déformer, à se diluer dans les hésitations, à se cacher sous les taches de l'oubli. Et c'était là la preuve heureuse que le présent reprenait son rôle. Elle laissa passer la matinée, puis se décida.

79

*Exemples de numéros de téléphone
d'un autre siècle*

Odéon 32-40

*

Passy 22-12

*

Clichy 12-14

80

Nathalie entra dans le bureau de Charles. Elle constata aussitôt que les volets étaient moins ouverts qu'à l'habitude, qu'il y avait là comme une tentative de plonger cette matinée dans l'obscurité.

« C'est vrai que ça fait longtemps que je ne suis pas venue ici, dit-elle en marchant…

— Longtemps, oui…

— Tu as dû en lire des mots du Larousse depuis…

— Ah ça… non. J'ai arrêté. J'en ai marre des définitions. Franchement, tu peux me dire à quoi ça sert de connaître la signification des mots ?

— C'est pour me demander ça que tu voulais me voir ?

— Non… non… on passe son temps à se croiser… et je voulais simplement savoir comment tu vas… comment ça se passe en ce moment… »

Il avait prononcé ces derniers mots à la frontière du bégaiement. Face à cette femme, il était un train qui déraille. Il ne comprenait pas pourquoi elle lui faisait un tel effet. Bien sûr qu'elle était belle, bien sûr elle avait une façon d'être qu'il trouvait sublime, mais tout de même : était-ce suffisant ? Il était un homme de pouvoir, et parfois des secrétaires rousses gloussaient sur son passage. Il aurait pu avoir des femmes, il aurait pu passer des cinq-à-sept dans des cinq étoiles. Alors quoi ? Il n'y avait rien à dire. Il était soumis à la tyrannie de sa première impression. Cela ne pouvait être que ça. Cet instant où il avait vu son visage sur son CV, où il avait dit : je veux mener l'entretien avec elle. Elle était alors apparue, jeune mariée, pâle et hésitante, et quelques secondes plus tard, il lui avait proposé des Krisprolls. Peut-être qu'il était tombé amoureux d'une photo ? Que rien n'est plus épuisant que de vivre sous le diktat sensuel d'une beauté figée. Il continuait à l'observer. Elle ne voulait pas s'asseoir. Elle marchait, touchait les objets, souriait d'un rien : une incarnation violente de la féminité. Finalement, elle contourna son bureau et se plaça derrière lui :

« Qu'est… qu'est-ce que tu fais ?

— Je regarde ta tête.

— Mais pourquoi ?

— Je regarde derrière ta tête. Car je sens que tu as une idée derrière la tête. »

Il ne manquait plus que ça : qu'elle ait de l'humour. Charles ne maîtrisait plus du tout cette scène. Elle était derrière lui, amusée. Le passé, pour la première fois, paraissait vraiment passé. Il avait été aux premières loges lors des journées noires. Il avait passé des nuits à penser qu'elle pourrait se suicider, et voilà qu'elle était là, maintenant, derrière lui, excessivement vivante.

« Allez, viens t'asseoir, s'il te plaît, dit-il calmement.

— D'accord.

— Tu as l'air heureuse. Et ça te rend belle. »

Nathalie ne répondit pas. Elle espérait qu'il ne lui avait pas demandé de venir pour lui faire une nouvelle déclaration. Il enchaîna :

« Tu n'as rien à me dire ?

— Non, c'est toi qui voulais me voir.

— Tout se passe bien dans ton groupe ?

— Oui, il me semble. Enfin, tu le sais mieux que moi. Tu as les chiffres.

— Et avec… Markus ? »

C'était donc ça l'idée derrière la tête. Il voulait parler de Markus. Comment avait-elle pu ne pas y penser plus tôt ?

« On m'a dit que tu dînais souvent avec lui.

— Qui t'a dit ça ?

— Tout se sait, ici.

145

— Et alors ? C'est ma vie privée. En quoi ça te regarde ? »

Nathalie s'interrompit brutalement. Son visage changea de tonalité. Elle observa Charles, minable, pendu à ses lèvres, guettant une explication, espérant plus que tout un démenti. Elle continua de le regarder un long moment, sans savoir que faire. Finalement, elle décida de quitter le bureau, sans même ajouter un mot. Elle laissait son patron dans l'incertitude, dans une belle frustration. Elle n'avait pas supporté les commérages, qu'on puisse parler dans son dos. Elle détestait toute cette thématique : des idées derrière la tête, des paroles dans le dos, des coups par-derrière. C'était surtout la phrase « tout se sait » qui l'avait agacée. Maintenant qu'elle y repensait, elle pouvait confirmer : oui, elle avait senti quelque chose dans le regard des autres. Il suffisait que quelqu'un les ait vus au restaurant, ou simplement sortir ensemble, et voilà que toute l'entreprise s'animait. Pourquoi était-elle agacée ? Elle avait répondu sèchement que c'était sa vie privée. Elle aurait pu très bien dire à Charles : « Oui, cet homme me plaît. » Avec conviction. Et puis non, elle ne voulait pas mettre de mot sur la situation, et il était hors de question que quiconque la pousse à le faire. En retournant vers son bureau, elle croisa des collègues, et constata le changement. Le regard de compassion et de sympathie se laissait grignoter par autre chose. Mais elle ne pouvait pas encore imaginer ce qui allait se passer.

81

Date de sortie du film de Claude Lelouch
Un homme qui me plaît,
avec Jean-Paul Belmondo et Annie Girardot

3 décembre 1969

82

Après le départ de Nathalie, Charles resta immobile un long moment. Il savait très bien qu'il n'avait pas su mener cette conversation. Il avait été maladroit. Il avait surtout été incapable de lui dire ce qu'il ressentait vraiment : « Oui, ça me regarde. Tu n'as pas voulu sortir avec moi. Car tu ne voulais plus être avec un homme. Alors oui, j'ai le droit de savoir ce que tu ressens. J'ai le droit de savoir ce qui te plaît chez lui, ce qui ne te plaît pas chez moi. Tu sais très bien à quel point je t'ai aimée, à quel point cela a été dur pour moi. Tu me dois bien une explication, c'est tout ce que je te demande. » Voilà à peu près ce qu'il aurait aimé dire. Mais c'est ainsi : on a toujours cinq minutes de retard sur nos conversations amoureuses.

Il ne pouvait pas travailler aujourd'hui. Après sa mise au point avec Nathalie, ce soir-là où il y avait eu tant de matchs nuls dans le championnat de football, il s'était fait une raison. Cela avait même créé dans sa vie, par l'étrangeté du mécanisme sensuel, un renouveau avec sa femme. Pendant des semaines, ils n'avaient cessé de faire l'amour, de se retrouver par le corps. On pouvait même parler d'une période magnifique. Il y a parfois bien plus d'émotion à retrouver un amour qu'à le découvrir simplement. Et puis l'agonie avait lentement repris son cours, comme un ricanement : comment avaient-ils pu croire s'aimer à nouveau ? Cela avait été un passage, une parenthèse en forme de désespoir déguisé, une légère plaine entre deux montagnes pathétiques.

Charles se sentait usé et fatigué. Il en avait marre de la Suède et des Suédois. De leur habitude stressante de toujours tenter d'être calmes. De ne jamais crier au téléphone. Cette façon d'être zen, et de proposer aux employés des massages. Tout ce bien-être commençait à lui taper sur les nerfs. L'hystérie méditerranéenne lui manquait, et il rêvait parfois de faire des affaires avec des marchands de tapis. C'était dans ce contexte qu'il avait encaissé l'information concernant la vie privée de Nathalie. Depuis, il ne cessait de penser à cet homme, ce Markus. Comment avait-il fait, avec un prénom aussi con, pour séduire Nathalie ? Il n'avait pas voulu y croire. Il était bien placé pour savoir que son cœur était une sorte de mirage d'oasis ; dès qu'on s'approchait, il s'effaçait. Mais là, c'était différent. Sa réaction excessive semblait confirmer la rumeur. Oh non, ce n'était pas possible. Il ne pourrait jamais le supporter. « Comment a-t-il fait ? » ne cessait de répéter

Charles. Le Suédois avait dû l'envoûter, ou quelque chose comme ça. L'endormir, l'hypnotiser, lui faire boire une potion. Cela ne pouvait être que ça. Il l'avait trouvé si différente. Oui, c'était peut-être ce qui l'avait le plus blessé : elle n'était plus sa Nathalie. Quelque chose avait changé. Une véritable modification. Alors, il ne voyait qu'une solution : convoquer ce Markus pour voir ce qu'il avait dans le ventre. Pour découvrir son secret.

83

*Nombre de langues, dont le suédois,
dans lesquelles on peut lire*
La Modification *de Michel Butor,
prix Renaudot 1957*

20

84

Markus avait été élevé dans l'idée qu'il ne fallait jamais faire de vagues. Que partout où l'on passe, il faut rester discret. La vie devait être comme un couloir. Alors forcément, en se voyant convoqué chez le directeur, il se mit à paniquer. Il pouvait être un homme, il pouvait avoir de l'humour et le sens des responsabilités, on pouvait compter sur lui, mais dès qu'il s'agissait du rapport à l'autorité, il se retrouvait comme un enfant. En ébullition, il était assailli par de nombreuses questions : « Pourquoi veut-il me voir ? Qu'ai-je fait ? Ai-je mal négocié la partie assurances du dossier 114 ? Suis-je allé trop souvent chez le dentiste ces derniers temps ? » La culpabilité l'assiégeait de toutes parts. Et c'était peut-être là la véritable nature de sa personnalité. Le sentiment absurde, en permanence au-dessus de lui, d'un châtiment à venir.

Il frappa à sa façon, toujours avec deux doigts. Charles lui dit d'entrer.

« Bonjour, je viens vous voir... comme vous me...

— Je n'ai pas le temps pour le moment... j'ai un rendez-vous.

— Ah très bien.

— ...

— Bon, je repars alors. Je repasserai plus tard. »

Charles congédia cet employé, car il n'avait pas le temps de le recevoir. Il attendait le fameux Markus, sans imaginer une seconde qu'il venait de le voir. En plus d'avoir attrapé le cœur de Nathalie, le salaud avait l'audace de ne pas se montrer lorsqu'il était convoqué. Quel type de rebelle pouvait-il bien être ? Ça n'allait pas se passer comme ça. Pour qui se prenait-il ? Charles téléphona à sa secrétaire :

« J'ai demandé à un certain Markus Lundell de passer me voir, et il n'est toujours pas là. Vous pouvez voir ce qui se passe ?

— Mais vous lui avez demandé de partir.

— Non, il n'est pas venu.

— Si. Je viens de le voir sortir de votre bureau. »

Charles eut alors une absence, comme si son corps avait été subitement traversé par du vent. Le vent du nord bien sûr. Il manqua défaillir. Il demanda à sa secrétaire de le rappeler. Markus, qui venait à peine de se rasseoir sur sa chaise, dut à nouveau se lever. Il se demanda si son patron ne voulait pas se moquer de lui. Il pensa qu'il était peut-être énervé contre les actionnaires suédois et qu'il se vengeait sur l'un des employés originaires du pays. Markus ne voulait pas être un yo-yo. Si ça continuait il allait vraiment céder aux sollicitations de Jean-Pierre, le syndicaliste du deuxième étage.

Il entra à nouveau dans le bureau de Charles. Celui-ci avait la bouche pleine. Il tentait de se calmer en mangeant un Krisprolls. On cherche souvent à se détendre avec des choses qui nous énervent. Il tremblait, il remuait, il laissait tomber des miettes de sa bouche. Markus fut stupéfait. Comment un tel homme pouvait-il diriger l'entreprise ? Mais le plus stupéfait des deux était bien sûr Charles. Comment un tel homme pouvait-il diriger le cœur de Nathalie ? De leurs deux stupéfactions naquit un moment suspendu dans le temps, où personne ne pouvait imaginer ce qui allait se passer. Markus ne savait pas à quoi s'attendre. Et Charles ne savait pas ce qu'il allait dire. Il était avant tout très choqué : « Mais comment est-ce possible ? Il est repoussant... il n'a pas de forme... il est mou, ça se voit qu'il est mou... ah non, ce n'est pas possible... et puis, il a une façon de regarder les gens, en biais… ah non, quelle horreur… pas du tout Nathalie, cet homme… rien du tout, non, non… ah ça me dégoûte… il est hors de question qu'il continue à tourner autour d'elle… hors de question… je vais le renvoyer en Suède… oui, c'est ça… une bonne petite mutation… je le mute dès demain ! »

Charles pouvait continuer à mouliner ainsi très longtemps. Il était dans l'incapacité de parler. Mais bon, il l'avait fait venir, alors il devait dire quelque chose. Pour gagner du temps, il proposa :

« Vous voulez un Krisprolls ?

— Non, je vous remercie. J'ai quitté la Suède pour arrêter de manger ce genre de petits pains… alors je ne vais pas en reprendre ici.

— Ah… ah… très drôle… ah… hi ! »

Charles partit dans un fou rire. Le con avait de l'humour. Mais quel con… ce sont les pires ça : les têtes de dépressifs qui nous surprennent avec de l'humour… on ne s'y attend pas, et paf, une blague…. C'était sûrement ça son secret. Charles avait toujours senti que c'était son point faible, qu'il n'avait pas assez fait rire les femmes dans sa vie. Il se demandait même, en pensant à la sienne, s'il n'était pas doté du pouvoir de les rendre sinistres. C'est vrai que Laurence n'avait pas ri depuis deux ans, trois mois, et dix-sept jours. Il s'en souvenait, car il avait noté dans son agenda, de la même manière qu'on peut noter les éclipses de Lune : « Aujourd'hui, rire de ma femme. » Enfin, il devait arrêter de digresser. Il devait parler. De quoi avait-il peur après tout ? C'était lui le patron. C'était lui qui décidait du montant des tickets-restaurants, ce n'est pas rien quand même. Non vraiment, il devait se ressaisir. Mais comment parler à cet homme ? Comment le regarder en face ? Ah oui, ça le dégoûtait qu'il puisse toucher Nathalie. Qu'il puisse poser ses lèvres sur les siennes. Quel sacrilège, quel attentat ! Oh Nathalie. Il avait toujours aimé Nathalie, c'est évident. On n'en finit jamais de nos passions. Il avait pensé que ce serait facile de l'oublier. Mais non, le sentiment passé avait hiberné en lui, et ressurgissait maintenant dans sa dimension la plus cynique.

Plus radicale que la mutation, il voyait une autre solution : le virer. Il devait forcément avoir commis une faute professionnelle. Tout le monde fait des erreurs. Mais bon, lui n'était pas tout le monde. La preuve, il sortait avec Nathalie. C'était peut-être un employé exemplaire, un de ceux qui font des heures supplémentaires avec le sourire, un de ceux qui ne demandent jamais d'augmentation : un des pires quoi. Ce génie n'était peut-être même pas syndiqué.

« Vous vouliez me voir ? tenta Markus, interrompant ainsi les longues minutes que Charles venait de passer dans l'apnée de sa stupéfaction.

— Oui... oui... je finis de réfléchir à quelque chose, et je suis à vous. »

Il ne pouvait le faire attendre comme ça. Ou alors si : il le laisserait comme ça toute la journée, juste pour voir sa réaction. Mais, à tous les coups, ça ne lui poserait pas de problème. Car maintenant qu'il y pensait : il n'y a rien de plus inconfortable que de rester face à quelqu'un qui ne vous parle pas. Surtout quand il s'agit de son patron. Tout autre employé aurait montré des signes d'inquiétude, aurait peut-être sué quelques gouttes, aurait gesticulé, croisé et décroisé les jambes… eh bien, là, ce n'était pas du tout le cas. Markus avait passé dix minutes, peut-être quinze, sans bouger. Parfaitement stoïque. C'était inouï, maintenant qu'il y repensait. Cet homme était incontestablement doté d'une grande force mentale.

À cet instant, Markus était juste figé par le sentiment très inconfortable de l'incertitude. Il ne comprenait pas ce qui se passait. Pendant des années, il n'avait jamais vu son patron, et voilà que celui-ci le convoquait pour l'enrober de silence. Chacun renvoyait à l'autre une image de force, sans le savoir. C'était à Charles de parler le premier, mais rien à faire. Ses mots étaient sous scellés. Il continuait de regarder Markus droit dans les yeux, hypnotisé. Dans un premier temps, il avait pensé se débarrasser de lui, mais une seconde hypothèse s'annonçait. Parallèlement à son agressivité, il était évident qu'une certaine fascination naissait en lui. Bien loin de le repousser, il devait le voir à l'œuvre. Il se mit enfin à lui parler :

« Pardon de vous avoir fait attendre. C'est juste que j'aime bien prendre le temps de peser mes mots quand je m'adresse à quelqu'un. Surtout quand il s'agit d'annoncer ce que j'ai à vous dire.

— …

— Voilà, j'ai eu vent de votre gestion du dossier 114. Vous savez, rien ne m'échappe ici. Je sais tout. Et je dois dire que je suis très heureux de vous compter parmi nous. Et en Suède aussi je leur ai parlé de vous, et ils sont très fiers d'avoir un compatriote aussi efficace.

— Merci…

— Mais c'est moi qui vous remercie. On sent que vous êtes une locomotive dans cette société. D'ailleurs, j'aimerais vous féliciter personnellement. Je trouve que je ne passe pas assez de temps avec les bons éléments de l'entreprise. Ça me ferait plaisir de mieux vous connaître. On pourrait peut-être dîner ensemble ce soir, hein ? Qu'est-ce que vous en pensez, hein ? Hein, ça serait bien, non ?

— Euh… d'accord.

— Ah tant mieux, je me fais une joie ! Et puis il n'y a pas que le travail dans la vie… on pourra parler de plein d'autres choses. Je trouve ça bien de casser parfois la barrière entre patrons et salariés.

— Si vous le dites.

— Bon allez, à ce soir… Markus ! Passez une bonne journée… et vive le travail ! »

Markus sortit du bureau, aussi stupéfait que le soleil pendant une éclipse.

85

Nombre de paquets de Krisprolls
vendus en 2002

22,5 millions

86

La rumeur s'était propagée dans toute l'entreprise : Markus et Nathalie avaient une liaison. La vérité : ils ne s'étaient embrassés que trois fois. Le fantasme : elle était enceinte. Oui, les gens en rajoutaient. Et pour définir l'ampleur d'un ragot, il suffit de calculer la recette des machines à café. Aujourd'hui, elle s'annonçait historique. Si tout le monde connaissait Nathalie dans la société, personne ne savait vraiment qui était Markus. Il était une sorte de maillon discret de la chaîne, le fil blanc d'un vêtement. Alors qu'il regagnait son bureau légèrement abasourdi par ce qu'il venait de vivre, il sentit de nombreux regards sur lui. Il ne comprenait pas pourquoi. Il passa aux toilettes vérifier les plis de son veston, les mèches de sa chevelure, les espaces entre ses dents et la couleur de son visage. Rien à dire, tout était en place.

Cette attention ne cessa de croître pendant la journée. De nombreux employés trouvèrent des prétextes pour venir le voir. On lui posait des questions, on se trompait de porte. C'était peut-être juste une affaire de hasard. Une de ces journées particulièrement riches en événements, sans que l'on sache très bien pourquoi. Une question de lune, aurait dit sa tante en Suède, une cartomancienne renommée en Norvège. Avec tous ces dérangements, il n'avait pas vraiment eu le temps de travailler. C'était un comble : il n'avait rien fait le jour où son patron l'avait félicité. C'était aussi peut-être ça qui l'encombrait. Ce n'est pas facile d'être subitement encouragé quand on n'a jamais été aux premières loges, quand personne n'a jamais vraiment remarqué ce que vous faisiez. Et puis, il y avait Nathalie. Toujours en lui. De plus en plus. Leur dernier rendez-vous lui avait donné une grande confiance. La vie commençait à prendre une étrange tournure, s'éloignant gentiment des peurs et des incertitudes.

Nathalie aussi avait ressenti cette agitation autour d'elle. Cela n'avait été qu'un sentiment diffus jusqu'au moment où Chloé, adepte des tentatives frontales, avait osé :

« Je peux vous poser une question ?

— Oui.

— Tout le monde dit que vous avez une histoire avec Markus. C'est vrai ?

— Je vous ai déjà répondu que cela ne vous regardait pas. »

Cette fois-ci, Nathalie était vraiment agacée. Tout ce qu'elle avait aimé chez cette jeune fille semblait avoir disparu. Elle ne voyait maintenant chez elle qu'une basse obsession. L'attitude de Charles l'avait déjà choquée, et voilà que ça continuait. Qu'est-ce qu'ils avaient tous à s'exciter ainsi ? Chloé s'enfonça, balbutiant :

« C'est juste que je ne vous imagine pas du tout…

— Ça suffit. Vous pouvez sortir », s'énerva Nathalie.

Instinctivement, elle ressentit que plus on critiquerait Markus, plus elle se sentirait proche de lui.

Que cela les unissait davantage encore dans le monde éloigné de l'incompréhension des autres. En sortant du bureau, Chloé se traita de conne. Elle voulait tellement avoir une relation privilégiée avec Nathalie, mais là, elle s'y était prise comme une idiote. Pourtant, c'est vrai qu'elle était choquée. Et elle avait le droit de l'exprimer, non ? Et puis elle n'était pas la seule. Il y avait quelque chose d'incongru dans l'idée de leur relation. Ce n'était pas qu'elle n'aimât pas Markus, ni même qu'elle le trouvât repoussant, c'était juste qu'elle n'arrivait pas à l'imaginer avec une femme. Elle l'avait toujours considéré comme un ovni du monde des hommes. Alors qu'à ses yeux Nathalie avait toujours représenté une sorte d'idéal féminin. Ainsi leur union la dérangeait et la poussait à des réactions instinctives. Elle savait bien qu'elle avait été indélicate, mais quand tout le monde lui demanda : « Alors ? alors ? tu as des informations ? » elle sentit que sa position privilégiée pouvait avoir de la valeur. Et que le rejet de Nathalie allait peut-être lui permettre d'accéder à d'autres affinités.

87

Prétextes utilisés par les employés
pour aller voir Markus

J'aimerais bien emmener ma femme en vacances en Suède cet été. Tu as des conseils à me donner ?

*

T'aurais pas une gomme ?

*

Ah pardon. Je me suis trompé de bureau.

*

T'es toujours sur le 114 ?

*

Il marche ton Intranet ?

*

C'est quand même fou l'histoire de ton compatriote
qui est mort avant d'avoir eu le temps de voir
le succès de sa trilogie.

88

En milieu d'après-midi, Nathalie et Markus firent
une pause ensemble, en se retrouvant sur le toit.
C'était devenu leur refuge, leur cave. Au premier
regard échangé, ils comprirent qu'il se passait
quelque chose d'inhabituel. Que tous deux étaient
soumis à la curiosité des autres. Ils se mirent à rire
de cette idiotie, et se serrèrent dans les bras, la meilleure manière au monde de créer le silence. Nathalie
souffla qu'elle voulait le retrouver ce soir, et voudrait même que le soir soit maintenant. C'était beau,
c'était doux, d'une intensité inattendue. Markus fut
gêné, en expliquant qu'il n'était pas libre. C'était
une atroce équation : il commençait à considérer comme inutile chaque seconde passée loin de
Nathalie, et pourtant, il ne pouvait absolument pas

annuler le dîner avec son patron. Nathalie fut surprise, et n'osa pas demander ce qu'il avait prévu. Elle fut surtout étonnée de se retrouver subitement dans une position fragile, dans une attente. Markus lui expliqua qu'il dînait avec Charles.

« Ce soir ? Il t'a proposé de dîner ? »

À cet instant, elle ne savait pas si elle devait rire ou être furieuse. Charles n'avait pas le droit de dîner avec un membre de son groupe, sans même l'avertir. Elle comprit aussitôt que cela n'avait rien à voir avec le travail. Markus, jusqu'ici, n'avait pas vraiment cherché à décortiquer la subite motivation de son patron. Après tout, c'était plausible : il faisait du bon travail avec le 114.

« Et il t'a dit pourquoi il voulait dîner avec toi ?

— Heu... oui... il voulait me féliciter...

— Ça ne te paraît pas bizarre ? Tu l'imagines en train de dîner avec chaque employé qu'il veut féliciter ?

— Tu sais, je l'ai trouvé tellement bizarre que rien ne me semble bizarre chez lui.

— Ça c'est vrai. Tu as raison. »

Nathalie adorait la façon dont Markus prenait les choses. Cela pouvait passer pour de la naïveté, mais non. Il y avait chez lui comme une douceur de l'enfance, la capacité d'accepter les situations, y compris les plus farfelues. Il s'approcha d'elle et l'embrassa. C'était leur quatrième baiser, le plus naturel. Au début d'une relation, on pourrait presque analyser chaque baiser. Tout se détache parfaitement dans une mémoire qui lentement progresse dans la confusion de la répétition. Nathalie décida de ne rien dire concernant Charles, et sa grotesque motivation. Markus découvrirait par lui-même ce qui se cachait derrière ce dîner.

89

Markus était repassé rapidement chez lui pour se changer, car il n'avait rendez-vous avec son patron qu'à 21 heures. Il hésita, comme à son habitude, entre plusieurs vestes. Et opta pour la plus professionnelle. La plus sérieuse, pour ne pas dire sinistre. Il avait l'allure d'un croque-mort en vacances. Au moment où il devait reprendre le RER, il y eut un problème. Déjà, les passagers commençaient à s'exciter. Ils manquaient d'information. Était-ce un feu ? Une tentative de suicide ? Personne ne savait vraiment. La panique gagna le wagon de Markus, et lui pensait surtout qu'il allait faire attendre son patron. Ce qui était le cas. Charles était installé depuis plus d'une dizaine de minutes, buvant un verre de vin rouge. Il se sentait énervé, et même très énervé, car personne ne l'avait jamais fait attendre comme ça. Et certainement pas un employé dont il ignorait jusqu'à l'existence le matin même. Pourtant, au cœur de cet agacement, naquit un autre sentiment. Le même sentiment que celui qu'il avait éprouvé dans la matinée, mais cette fois-ci il revenait avec davantage de force. Il s'agissait d'une certaine fascination. Cet homme était vraiment capable de tout. Qui oserait arriver en retard à un tel rendez-vous ? Qui avait la capacité de braver ainsi l'auto-

161

rité ? Il n'y avait plus rien à dire. Cet homme méritait Nathalie. C'était incontestable. C'était mathématique. C'était chimique.

Parfois, quand on est en retard, on se dit que ça ne sert plus à rien de courir. On se dit que trente ou trente-cinq minutes, c'est exactement pareil. Alors autant ajouter un peu d'attente pour l'autre, et éviter d'arriver en sueur. C'est ce que décida Markus. Il ne voulait pas apparaître essoufflé, et tout rouge. Il le savait : dès qu'il courait un tout petit peu, il avait l'air d'un nouveau-né. Ainsi, il sortit du métro, ter-rifié à l'idée d'être autant en retard (et de n'avoir pas pu s'excuser, car il n'avait pas le numéro de por-table de son patron), mais en marchant. Et c'est ainsi qu'il se présenta à son dîner, pratiquement une heure après le rendez-vous, calme, très calme. Le veston noir accentua l'effet d'une apparition quasi mortuaire. Un peu comme dans ces films noirs où les héros surgissent en silence de la pénombre. Charles avait presque terminé une bouteille de vin en l'attendant. Cela l'avait rendu romantique, nos-talgique. Il n'écouta même pas les excuses de Markus à propos du RER. Cette arrivée était la grâce incarnée.

Et la soirée allait naviguer sur le triomphe de cette première impression.

90

Bernard Blier, à propos de Pierre Richard
dans Le Grand Blond avec une chaussure noire

Il est fort. Il est très fort.

91

Pendant tout le dîner, Markus fut extrêmement surpris par l'attitude de Charles. Celui-ci balbutiait, blablatait, bredouillait. Il était incapable de finir une phrase. Partait en subits éclats de rire, mais jamais au moment où son interlocuteur tentait d'être drôle. Il était comme en décalage horaire avec l'instant présent. Markus, au bout d'un moment, osa :

« Est-ce que vous allez bien ?

— Bien ? Moi ? Vous savez, depuis hier, c'est toujours. Surtout en ce moment. »

L'incohérence de cette réponse confirma le sentiment de Markus. Charles n'était pas devenu complètement fou. Il sentait bien, lors de rares éclairs de lucidité, qu'il déraillait. Mais il n'arrivait pas à se maîtriser. Il avait été victime d'un court-circuit. Le Suédois assis en face de lui avait chamboulé sa vie, son système. Il luttait pour revenir à la réalité. Markus, dont le passé était pourtant peu excitant, n'était pas loin de penser que ce dîner était le plus sinistre de sa vie. C'est dire. Pourtant, il ne put refréner la progression d'une compassion, l'envie d'aider cet homme à la dérive.

« Est-ce que je peux faire quelque chose pour vous ?

— Oui sûrement Markus… je vais y réfléchir, c'est gentil. C'est vrai ça, vous êtes gentil… ça se voit… dans votre façon de me regarder… vous ne me jugez pas… je comprends tout… je comprends tout, maintenant…

— Vous comprenez quoi ?

— Mais je comprends pour Nathalie. Plus je vous vois, plus je comprends tout ce que je ne suis pas. »

Markus reposa son verre. Il avait commencé à se douter que tout cela pouvait avoir un rapport avec Nathalie. Contre toute attente, sa première sensation fut de soulagement. C'était la première fois qu'on lui parlait d'elle. À cet instant précis, Nathalie s'extirpait du fantasme. Elle entrait dans la partie réelle de sa vie.

Charles continua :

« Je l'aime. Vous savez que je l'aime ?

— Je crois surtout que vous avez trop bu.

— Et alors ? L'ivresse ne changera rien. Ma lucidité est là, bien réelle. Ma lucidité sur tout ce que je ne suis pas. En vous regardant, je me rends compte à quel point j'ai raté ma vie… à quel point je n'ai cessé d'être dans la superficialité, et le compromis permanent… ça va vous paraître fou, mais je vais vous dire ce que je n'ai jamais dit à personne : j'aurais voulu être un artiste… oui, je sais, on connaît la chanson… mais vraiment, quand j'étais petit, j'ado-

rais peindre des petits bateaux... c'était mon bonheur... j'avais toute une collection de gondoles en
miniature... je mettais des heures à les peindre... à
être si précis sur chaque détail... comme j'aurais
voulu continuer à peindre... à vivre ma vie dans
cette sorte de frénésie du calme... et au lieu de ça,
je me farcis des Krisprolls à longueur de journée...
et ces journées, elles n'en finissent plus... elles se
ressemblent toutes comme des Chinois... et ma vie
sexuelle... ma femme... enfin cette chose... je n'ai
même pas envie d'en parler... je me rends compte
de tout ça maintenant... je vous vois, et je m'en
rends compte... »

Charles interrompit d'un coup son monologue.
Markus était gêné. Il n'est jamais évident d'ac-
cueillir les confidences d'un inconnu, et encore
moins quand il s'agit de son patron. Il ne lui restait
plus que l'humour pour tenter d'alléger l'ambiance :

« Vous avez vu tout ça en me regardant ? C'est
vraiment l'effet que je vous fais ? En si peu de
temps...

— Et en plus, vous avez un grand sens de l'humour. Vous êtes un génie, vraiment. Il y a eu Marx,
il y a eu Einstein, et maintenant il y a vous. »

Markus ne trouva pas de repartie à cette sortie
légèrement excessive. Heureusement, le serveur fit
son apparition :

« Vous avez choisi ?

— Oui, je vais prendre la viande, dit Charles. Sai-
gnante.

— Et moi, le poisson.

— Très bien, messieurs », dit le serveur en partant.

À peine avait-il fait deux mètres que Charles le rappela :

« Finalement, je vais prendre comme monsieur. Le poisson aussi.

— Très bien, c'est noté », dit le serveur, en repartant.

Après un silence, Charles avoua :

« J'ai décidé de tout faire comme vous.

— Tout faire comme moi ?

— Oui, un peu comme avec un mentor.

— Vous savez, il n'y a pas grand-chose à faire pour être comme moi.

— Je ne suis pas d'accord. Par exemple, votre veste. Je crois que ça serait bien si j'avais la même. Je devrais m'habiller comme vous. Vous avez un style unique. Tout est réfléchi ; ça se voit que vous ne laissez rien au hasard. Et ça compte pour les femmes. Hein que ça compte, hein ?

— Euh oui, je ne sais pas. Je peux vous la prêter si vous voulez.

— Voilà ! C'est tout vous, ça : la gentillesse incarnée. Je dis que j'aime votre veste, et dans la seconde, vous proposez de me la prêter. C'est si beau. Je me rends compte que je n'ai pas assez prêté mes vestes. Toute ma vie, j'ai été un immense égoïste de la veste. »

Markus comprit que tout ce qu'il dirait serait forcément génial. L'homme en face de lui le regardait avec un filtre d'admiration, pour ne pas dire : de vénération. Pour poursuivre sa quête, Charles lui demanda :

« Parlez-moi encore de vous.

— Pour tout vous dire, je ne réfléchis pas souvent à qui je suis.

— Voilà ! C'est ça ! Mon problème, c'est que je réfléchis trop. Je me demande toujours ce que pensent les autres. Je devrais être plus stoïque.

— Pour ça, vous auriez dû naître en Suède.

— Ah ! Très drôle ! Faudra que vous m'appreniez à être drôle comme ça. Quel sens de la réplique ! Je bois à votre santé ! Je vous ressers ?

— Non, je crois que j'ai déjà assez bu.

— Et quel sens du contrôle ! Bon, ça, je décide de ne pas faire comme vous. Je m'autorise un écart. »

Le serveur arriva alors avec les deux poissons, et leur souhaita un bon appétit. Ils commencèrent à manger. Subitement, Charles releva la tête de son assiette :

« Je suis vraiment idiot. Tout ça est ridicule.

— Quoi ?

— Je déteste le poisson.

— Ah…

— Et même, c'est pire que ça.

— Ah bon ?

— Oui, je suis allergique au poisson.

— …

— Tout est dit. Je ne pourrai jamais être comme vous. Je ne pourrai jamais être avec Nathalie. Tout ça à cause du poisson. »

92

Quelques précisions techniques
concernant les allergies au poisson

L'allergie au poisson n'est pas si rare. Elle arrive en quatrième position dans notre pays. La question qui se pose, quand on en est victime, est de savoir si l'on est allergique à un seul poisson ou à plusieurs. En pratique, la moitié des patients allergiques à un type de poisson le sont aussi à d'autres. Cela impose de faire des tests cutanés à la recherche des allergies croisées et parfois de faire des tests de provocation (avec l'aliment en question) au cas où les tests cutanés ne seraient pas satisfaisants. On peut aussi se demander si certains poissons sont moins allergisants que d'autres. C'est pour répondre à cette question qu'une équipe de chercheurs a comparé la réactivité croisée de neuf poissons : le cabillaud (ou morue fraîche), le saumon, le merlan, le maquereau, le thon, le hareng, le loup, le flétan et la plie. Il en ressort que le thon et le maquereau (tous les deux de la famille des scombridés) sont les mieux tolérés, les poissons plats, le flétan et la plie, arrivant en deuxième position. A contrario, la morue, le saumon, le merlan, le hareng et le loup présentent des réactivités croisées importantes, c'est-à-dire que si vous êtes allergiques à l'un d'entre eux, vous avez de plus fortes chances de l'être aux autres.

93

Après cette révélation du poisson, le dîner plongea dans le monde du silence. Markus tenta plusieurs fois de relancer la conversation, en vain. Charles ne mangea rien, et se contenta de boire. Ils avaient l'air d'un vieux couple qui n'a plus rien à se dire. Qui se laisse dériver dans une forme de méditation intérieure. Le temps passe gentiment (et parfois les années aussi).

Une fois dehors, Markus fut obligé de retenir son patron. Il ne pouvait pas conduire dans cet état. Il voulut le faire monter dans un taxi, le plus vite possible. Il avait hâte que le calvaire de la soirée s'achève enfin. Mais, mauvaise nouvelle, l'air frais du soir requinqua Charles. C'était reparti pour un tour :
« Ne me laissez pas, Markus. Je veux encore parler avec vous.
— Mais ça fait une heure que vous ne dites plus rien. Et puis vous avez trop bu, il est préférable de rentrer.
— Oh arrêtez un peu d'être sérieux ! Vous me fatiguez vraiment ! On va boire un dernier verre, et c'est tout. C'est un ordre ! »
Markus n'avait pas le choix.

Ils se retrouvèrent dans une sorte d'endroit où des gens d'un certain âge se frôlent de manière lascive. Ce n'était pas à proprement parler un dancing, mais ça y ressemblait. Assis sur une banquette rose, ils commandèrent deux tisanes. Derrière eux trônait une lithographie hasardeuse, une espèce de nature morte, mais vraiment morte. Charles semblait plus calme, maintenant. À nouveau dans une descente. Une immense lassitude passait sur son visage. Quand il pensait aux années écoulées, il se souvenait du retour de Nathalie après son drame. Il était hanté par la vision de cette femme abîmée. Pourquoi sommes-nous autant marqués par un détail, un geste, qui font de ces instants minimes le cœur d'une époque ? Le visage de Nathalie éclipsait, dans ses souvenirs, sa carrière et sa vie de famille. Il pouvait écrire un livre au sujet des genoux de Nathalie, alors qu'il était incapable de citer le chanteur préféré de sa fille. À l'époque, il s'était fait une raison. Il comprenait qu'elle n'était pas prête pour vivre autre chose. Mais, au fond de lui, il n'avait cessé d'espérer. Aujourd'hui, tout lui paraissait sans intérêt : sa vie était sinistre. Il se sentait oppressé. Les Suédois étaient tendus à cause de la crise financière. L'Islande avait été au bord de la faillite, et cela avait fragilisé pas mal de certitudes. Il ressentait aussi la haine grandissante pour les patrons. Comme d'autres dirigeants, il allait peut-être se faire séquestrer au prochain conflit social. Et puis il y avait sa femme. Elle ne le comprenait pas. Ils parlaient si souvent d'argent qu'il lui arrivait de la confondre avec ses créanciers. Tout se mélangeait dans un univers sans saveur, où la féminité même était un vestige, où plus personne ne prenait le temps de faire du bruit avec des talons aiguilles. Le silence de chaque jour annonçait le silence de toujours. C'est pourquoi il perdait pied à l'idée de savoir Nathalie avec un autre homme…

Il évoqua tout cela avec beaucoup de sincérité. Markus comprit qu'il fallait parler de Nathalie. Un prénom féminin, et la nuit paraît infinie. Mais que pouvait-il dire d'elle ? Il la connaissait à peine. Il aurait pu avouer simplement : « Vous faites erreur… on ne peut pas vraiment dire que nous soyons ensemble… il s'agit pour l'instant d'une histoire de trois ou quatre baisers… et encore, je ne vous raconte pas l'étrangeté de tout ça… », mais aucun son ne sortait de sa bouche. Il avait du mal à parler d'elle, il s'en rendait compte à présent. Son patron avait posé sa tête sur son épaule, et le poussait à la confidence. Alors, Markus s'efforça de raconter, à son tour, sa version de sa vie avec Nathalie. Son exégèse de tous les moments nathaliens. Sans s'y attendre, il fut soudain assailli par une multitude de souvenirs. Des instants fugitifs qui remontaient à longtemps déjà, bien avant la pulsion du baiser.

Il y avait eu la première fois. C'était avec elle qu'il avait passé son entretien d'embauche. Il s'était aussitôt dit : « Je ne pourrais jamais travailler avec une telle femme. » Il n'avait pas été bon, mais Nathalie avait pour consigne d'embaucher un Suédois. Markus était donc là, à cause d'une histoire de quota. Il ne l'avait jamais su. Lui, sa première impression l'avait poursuivi pendant des mois. Il repensait maintenant à cette façon qu'elle avait eue de replacer ses mèches derrière l'oreille. C'était ce mouvement qui l'avait fasciné. Lors des réunions de groupe, il avait espéré qu'elle le refasse, mais non, cela avait été une grâce unique. Il pensait aussi à d'autres gestes comme celui de poser ses dossiers sur le coin de la table, comme sa façon de mouiller ses lèvres rapidement avant de boire, comme le temps qu'elle prenait pour respirer entre deux phrases, et la façon qu'elle avait de prononcer les *s* parfois, surtout en fin de journée, et son sourire de politesse, celui du merci, et ses talons aiguilles, oh oui ses talons aiguilles qui glorifiaient ses mollets. Il avait horreur de la moquette de l'entreprise, et s'était même demandé un jour : « Mais qui a donc bien pu inventer la moquette ? » Et tant de choses, encore et encore. Oui, tout lui revenait maintenant, et Markus se rendait compte qu'il avait accumulé en lui beaucoup de fascination pour Nathalie. Chaque jour près d'elle avait été la conquête immense mais sournoise d'un véritable empire du cœur.

Combien de temps avait-il parlé d'elle ? Il ne le savait pas. En tournant la tête, il s'aperçut que Charles s'était assoupi. Comme un enfant qui s'endort en écoutant un conte. Pour qu'il n'attrape froid, délicate attention, il le recouvrit de sa veste. Dans le silence retrouvé, il observa cet homme dont il avait fantasmé la puissance. Lui qui avait si souvent senti ses poumons dans un entonnoir, qui avait si souvent pensé à la vie des autres avec envie, il se rendait compte qu'il n'était pas le plus malheureux. Que sa routine même lui plaisait. Il espérait être avec Nathalie mais, dans le cas contraire, il ne s'effondrerait pas. Fébrile, fragile par moments, Markus avait une certaine force. Une sorte de stabilité, du calme. Quelque chose qui permet de ne pas mettre en danger les jours. À quoi bon s'exciter quand tout est absurde ? se disait-il parfois, sûrement trop nourri à la lecture de Cioran. La vie peut être belle quand on sait l'inconvénient d'être né. La vision de Charles endormi confortait ce sentiment d'assurance, qui allait grandir en lui avec davantage de force encore.

Deux femmes d'une cinquantaine d'années s'approchèrent d'eux, pour tenter d'entamer une discussion, mais Markus leur adressa un signe pour qu'elles ne fassent pas de bruit. C'était pourtant un endroit musical. Charles se redressa finalement, surpris d'ouvrir les yeux dans ce cocon rose. Il vit la tête de Markus qui l'avait veillé, et constata la présence de la veste sur lui. Il sourit, et cette simple esquisse sur le visage lui rappela qu'il avait mal à la tête. Il était temps de partir. C'était déjà le petit matin. Et c'est ensemble qu'ils arrivèrent au bureau. En sortant de l'ascenseur, ils se quittèrent en se serrant la main.

94

Un peu plus tard dans la matinée, Markus se dirigea vers la machine à café. Il remarqua aussitôt que les employés s'écartaient sur son passage. Il était Moïse devant la mer Rouge. La métaphore peut paraître exagérée. Mais il faut comprendre ce qui se passait. Markus, un employé aussi discret que terne, dont on avait souvent pu dire qu'il était quelconque, se retrouvait en moins d'une journée à sortir avec l'une des plus belles femmes de l'entreprise, si ce n'est la plus belle (et pour ne rien gâcher de l'exploit, cette femme était réputée comme morte pour la séduction), et à dîner avec le patron. On les avait même vus arriver ensemble le matin, de quoi connoter d'une manière tendancieuse le ragot. C'était beaucoup pour un seul homme. Tout le monde le saluait, et on lui servait du comment ça va aujourd'hui, et le dossier 114 ça avance bien ? Subitement, on s'intéressait à ce foutu dossier, à la moindre de ses respirations. Si bien que Markus, en milieu de matinée, faillit faire un malaise. Ajoutée à une nuit blanche, la mutation avait été trop brutale. C'était comme s'il rattrapait subitement, condensées en quelques minutes, des années d'impopularité. Bien sûr, tout ça ne pouvait pas être naturel. Il y avait forcément une raison, quelque chose de louche. On disait qu'il était une taupe au service de la Suède, on disait qu'il était le fils du plus gros actionnaire, on disait qu'il était gravement malade, on disait qu'il était très connu dans son pays en tant qu'acteur de cinéma porno, on disait qu'il avait été choisi pour représenter l'humanité sur Mars, on disait aussi qu'il était un intime de Natalie Portman.

95

Déclaration d'Isabelle Adjani,
sur le plateau télévisé de Bruno Masure,
le 18 janvier 1987

« Ce qui est terrible pour moi aujourd'hui, c'est de devoir venir ici pour dire "je ne suis pas malade", comme si je disais "je ne suis pas coupable d'un crime". »

96

Nathalie et Markus se retrouvèrent pour déjeuner. Il était fatigué, mais ses yeux restaient grands ouverts. Elle n'en revenait pas d'apprendre que le dîner avait duré toute la nuit. Peut-être les choses se passaient-elles toujours ainsi avec lui ? Que rien n'était de l'ordre du prévu. Elle aurait voulu en rire. Mais elle n'aimait pas beaucoup ce qu'elle voyait. Elle se sentait tendue, gênée par l'agitation qui les entourait. Cela la renvoyait à la mesquinerie des gens après l'enterrement de François. Aux encombrantes manifestations de compassion. C'était peut-être une lubie, mais elle y voyait comme des vestiges du temps de la collaboration. En observant certaines réactions, elle se disait : « S'il y avait une nouvelle guerre, tout serait exactement pareil. » Son sentiment était peut-être exagéré, mais la vitesse de la rumeur alliée à une certaine malveillance, tout cela lui inspirait un dégoût qui faisait écho à cette période trouble.

Elle ne comprenait pas pourquoi son histoire avec Markus intéressait autant. Était-ce à cause de lui ? De ce qu'il dégageait ? Est-ce ainsi que l'on perçoit les unions peu rationnelles ? Mais c'est absurde : existe-t-il moins logique qu'une affinité ? Depuis sa dernière discussion avec Chloé, la colère de Nathalie ne retombait pas. Pour qui se prenaient-ils tous ? Elle transformait les petits regards de chacun en agressions.

« Nous nous sommes à peine embrassés, et j'ai l'impression que tout le monde me déteste maintenant, dit-elle.

— Et moi tout le monde m'adore !

— C'est malin ça...

— Il suffit de s'en foutre. Regarde le menu. Ça, c'est important. Tu veux les endives au roquefort ou la soupe du jour en entrée ? Il n'y a que ça qui compte. »

Il avait sûrement raison. Pourtant, elle ne parvenait pas à se détendre. Elle ne comprenait pas pourquoi elle réagissait d'une manière si violente. Il lui faudrait peut-être du temps pour saisir que tout était lié à la naissance de son sentiment. C'était une sensation vertigineuse qu'elle transformait en agressivité. Contre tous, et contre Charles avant tout :

« Tu sais, plus j'y pense, plus je me dis que la réaction de Charles est honteuse.

— Je crois qu'il t'aime c'est tout.

— Ce n'est pas une raison pour faire le guignol avec toi.

— Calme-toi, ce n'est pas si grave.

— Je ne peux pas me calmer, je ne peux pas... »

Nathalie annonça qu'elle irait voir Charles après le déjeuner pour qu'il arrête son cinéma. Markus préféra ne pas entraver sa détermination. Il laissa un peu de silence, qu'elle rompit par un aveu :

« Pardon, je suis énervée...

— Ce n'est pas grave. Et puis tu sais l'actualité évolue vite... dans deux jours on ne parlera plus de nous... il y a une nouvelle secrétaire qui vient d'arriver, et je crois qu'elle plaît à Berthier... alors tu vois...

— Ça ne serait pas un scoop. Il saute sur tout ce qui bouge.

— Oui, c'est vrai. Mais là c'est différent. Je te rappelle qu'il vient d'épouser la comptable... alors on n'est pas à l'abri d'un petit feuilleton.

— Je crois surtout que je suis perdue. »

Elle avait prononcé cette phrase brutalement. Sans la moindre transition. Instinctivement, Markus prit la mie du pain, et commença à l'émietter dans sa main.

« Qu'est-ce que tu fais ? lui demanda Nathalie.

— Je fais comme dans *Le Petit Poucet*. Si tu es perdue, il faut que tu laisses derrière toi, sur ton passage, des miettes de pain. Ainsi, tu pourras retrouver ton chemin.

— Qui me mène ici... à toi, je suppose ?

— Oui. Sauf si j'ai faim, et que je décide de manger les miettes en t'attendant. »

97

Choix de Nathalie pour l'entrée
lors du déjeuner avec Markus

Soupe du jour [1]

1. Nous n'avons pas pu obtenir de détails concernant la nature exacte de cette soupe.

98

Charles n'était plus du tout l'homme qui avait passé la nuit avec Markus. En milieu de matinée, il avait retrouvé ses esprits, et regrettait son attitude. Il se demandait encore pourquoi il avait ainsi perdu pied en découvrant l'autre Suédois. Il n'était peut-être pas épanoui, il souffrait d'angoisses diverses, mais ce n'était pas une raison pour réagir ainsi. Et surtout devant témoin. Il avait honte. Cela allait le pousser à être violent. Tout comme un amant peut se montrer agressif après une performance sexuelle peu glorieuse. Il sentait remonter en lui toutes les particules du combat. Il se mit à faire quelques pompes mais, à cet instant précis, Nathalie entra dans son bureau. Il se releva :

« Tu aurais pu frapper », dit-il d'un ton sec.

Elle avança vers lui, de la même manière qu'elle s'était avancée vers Markus pour l'embrasser. Mais ce fut pour le gifler.

« Voilà, c'est fait.

— Mais ça ne va pas ! Je peux te virer pour ça. »

Charles se touchait le visage. Et répéta sa menace en tremblant.

« Et moi, je peux t'attaquer pour harcèlement. Tu veux que je te montre les mails que tu m'as envoyés ?

— Mais pourquoi tu me parles comme ça ? J'ai toujours été respectueux de ta vie.

— Oui, c'est ça. Fais-moi ton numéro. Tu voulais juste coucher avec moi.

— Franchement, je ne te comprends pas.

— Moi, je ne comprends pas ce que tu es allé faire avec Markus.

— J'ai tout de même le droit de dîner avec un employé !

— Oui, eh bien ça suffit ! C'est compris ? » cria-t-elle.

Cela lui avait fait un bien fou, et elle aurait voulu se déchaîner encore. Sa réaction était excessive. En défendant ainsi son territoire avec Markus, elle trahissait son trouble. Ce trouble qu'elle était toujours incapable de définir. Le Larousse s'arrête là où le cœur commence. Et c'était peut-être pour cette raison que Charles avait arrêté, au moment du retour de Nathalie dans l'entreprise, de lire des définitions. Il n'y avait rien à dire, juste à laisser parler les réactions primitives.

Au moment où elle allait quitter le bureau, Charles annonça :

« J'ai dîné avec lui parce que je voulais le connaître... savoir comment tu avais pu choisir un homme aussi laid, aussi insignifiant. Je peux comprendre que tu me rejettes, mais ça, tu vois, je ne le comprendrai jamais...

— Tais-toi !

— Si tu crois que je vais laisser les choses en l'état. Je viens d'avoir les actionnaires. D'une minute à l'autre, ton cher Markus va recevoir une proposition très importante. Une proposition qu'il serait suicidaire de refuser. Seul petit inconvénient, le poste est à Stockholm. Mais avec les indemnités qu'il va toucher, je pense que l'hésitation sera passagère.

— Tu es pathétique. Surtout que rien ne m'empêche de démissionner pour le suivre.

— Tu ne peux pas faire ça ! Je te l'interdis !

— Tu me fais de la peine, vraiment…

— Et tu ne peux pas faire ça à François non plus ! »

Nathalie le regarda fixement. Il voulut s'excuser aussitôt, il savait qu'il était allé trop loin. Mais il ne pouvait plus bouger. Elle non plus. Cette dernière phrase les paralysa. Elle quitta finalement le bureau de Charles, sans rien dire, lentement. Il resta seul, avec la certitude de l'avoir perdue définitivement. Il avança vers la vitre, pour contempler le vide devant lui, avec une intense tentation.

99

Une fois assise derrière son bureau, Nathalie consulta son agenda. Elle appela Chloé pour lui demander d'annuler tous ses rendez-vous.

« Mais ce n'est pas possible ! Vous devez diriger la commission dans une heure.

— Oui, je sais, interrompit Nathalie. Bon très bien, je vous rappelle plus tard. »

Elle raccrocha, ne sachant que faire. C'était une réunion majeure, et elle avait passé beaucoup de temps à la préparer. Mais il était évident qu'elle ne pourrait plus travailler dans cette entreprise, après ce qui venait de se passer. Elle se souvint de la première fois où elle était venue dans cet immeuble. Elle était encore une jeune fille. Elle se remémorait les premiers temps, les conseils de François. C'est peut-être ce qui avait été le plus dur dans sa disparition. L'absence soudaine et brutale de leurs discussions. La mort de ces moments où l'on parle de la vie de l'autre, où on la commente. Elle se retrouvait seule au bord du précipice, et sentait bien que la fragilité la contaminait. Qu'elle avait joué depuis trois ans la comédie la plus pathétique qui soit. Qu'au fond d'elle-même, elle n'avait jamais été persuadée de vouloir vivre. Elle éprouvait encore tant de culpabilité, absurde culpabilité, en repensant au dimanche de la mort de son mari. Elle aurait dû le retenir, l'empêcher d'aller courir. N'est-ce pas le rôle d'une femme ? Faire en sorte que les hommes arrêtent de courir. Elle aurait dû le retenir, l'embrasser, l'aimer. Elle aurait dû poser son livre, interrompre sa lecture au lieu de le laisser briser sa vie.

Sa colère était retombée à présent. Elle contempla encore un instant son bureau, puis elle jeta quelques affaires dans son sac. Elle éteignit son ordinateur, rangea ses tiroirs, et quitta les lieux. Elle fut contente de ne croiser personne, de ne pas avoir à prononcer un mot. Il fallait que sa fuite soit silencieuse. Elle prit un taxi, demanda à aller à la gare Saint-Lazare, puis acheta un billet. Au moment où le train partit, elle se mit à pleurer.

100

Horaires du Paris-Lisieux pris par Nathalie

Départ : 16 h 33 - Paris Saint-Lazare
Arrivée : 18 h 02 - Lisieux

101

La disparition de Nathalie grippa immédiatement la mécanique de tout l'étage. Elle devait diriger la réunion la plus importante du trimestre. Elle était partie sans laisser la moindre instruction, sans prévenir personne. Certains râlaient dans les couloirs, critiquaient son manque de professionnalisme. En quelques minutes, son crédit chuta lamentablement : l'hégémonie du présent sur une réputation acquise pendant des années. Comme tout le monde savait son lien avec Markus, on ne cessait de venir le voir : « Sais-tu où elle peut être ? » Il devait avouer que non. Et cela revenait presque à dire : « Non, je n'ai aucun lien particulier avec elle. Je ne suis pas dans la confidence de ses errances. » C'était pénible de devoir se justifier ainsi. Avec ce nouvel épisode, il allait perdre le prestige accumulé depuis la veille. C'était comme si on se rappelait subitement qu'il n'était pas si important que ça. Et on se demandait même comment on avait pu croire, ne serait-ce qu'un instant, qu'il pût être un intime de Natalie Portman.

À plusieurs reprises, il avait essayé de la joindre. Sans résultat. Son téléphone était éteint. Il ne pouvait pas travailler. Il tournait en rond. C'était vite fait, vu l'étroitesse de son bureau. Que faire ? La confiance des derniers jours s'effritait rapidement. Dans sa tête, il repassait en boucle le déjeuner. « Ce qui compte, c'est de savoir quelle entrée on va prendre », il se souvenait avoir prononcé ce genre de propos. Comment était-il possible de parler comme ça ? Il ne fallait pas chercher. Il n'avait pas été à la hauteur. Elle avait pourtant bien dit qu'elle était perdue, et lui, perché sur son nuage, il avait tout juste été capable de lui offrir quelques phrases légères. *Le Petit Poucet !* Mais dans quel monde vivait-il ? Certainement pas dans un monde où les femmes lui laissent leur adresse avant de fuir. Tout était forcément sa faute. Il faisait fuir les femmes. Si ça se trouve, elle allait même devenir nonne. Prendre des trains et des avions pour quitter l'air qu'il respirait. Il avait mal. Il avait mal d'avoir mal agi. Le sentiment amoureux est le sentiment le plus culpabilisant. On peut penser alors que toutes les plaies de l'autre viennent de soi. On peut penser, toujours dans la folie, d'un mouvement presque démiurge, que l'on est au cœur du cœur de l'autre. Que la vie se résume à un vase clos des valves pulmonaires. Le monde de Markus était celui de Nathalie. C'était un monde entier et totalitaire, où il était à la fois responsable de tout et moins que rien.

Et le monde simple revenait aussi à lui. Lentement, il parvint à reprendre le contrôle de son esprit. À équilibrer le blanc et le noir. Il repensa à toute la tendresse de leurs instants. Cette tendresse bien réelle qui ne pouvait pas s'effacer ainsi. La peur de perdre Nathalie avait brouillé son esprit. Son angoisse était sa fragilité, cette même fragilité qui pouvait aussi être son charme. À enchaîner ainsi les fragilités, on débouche sur une force. Il ne savait que faire, ne voulait plus travailler, ne pensait plus à sa journée d'une manière rationnelle. Il avait envie d'être fou, de fuir lui aussi, de prendre un taxi et de monter dans le premier train venu.

102

C'est alors qu'il fut convoqué chez le directeur des ressources humaines. Décidément, tout le monde voulait le voir. Il y alla sans la moindre appréhension. Il en avait fini avec la peur de l'autorité. Tout n'était que manège depuis quelques jours. M. Bonivent l'accueillit avec un grand sourire. Markus pensa aussitôt : ce sourire est un meurtre. L'essentiel pour un DRH est d'avoir l'air concerné par la carrière d'un employé comme s'il s'agissait de sa propre vie. Markus constata que le Bonivent méritait son poste :

« Ah Monsieur Lundell... ça me fait plaisir de vous voir. Je vous suis depuis un moment, vous savez...

— Ah bon ? répondit-il, persuadé (à juste titre) que cet homme venait tout juste de découvrir son existence.

— Bien sûr... chaque parcours compte pour moi... et je dois même avouer que j'ai une vraie affection pour vous. Pour votre façon de ne jamais faire de vagues, de ne jamais rien demander. C'est bien simple, si je n'étais pas un peu consciencieux, eh bien je pourrais ne pas m'être aperçu de votre présence au sein de notre entreprise...

— Ah...

— Vous êtes l'employé que tout employeur rêve d'avoir.

— C'est gentil. Est-ce que vous pouvez me dire pourquoi vous voulez me voir ?

— Ah c'est tout vous, ça ! Efficacité, efficacité ! On ne perd pas de temps ! Si seulement, tout le monde était comme vous !

— Donc ?

— Bon... je vais vous exposer franchement la situation : la direction vous propose un poste de directeur de groupe. Avec une importante augmentation de salaire, cela va de soi. Vous êtes un élément essentiel dans le repositionnement stratégique de notre société... et je dois dire que je ne suis pas mécontent de cette promotion... car il y a un moment que je la soutiens activement.

— Merci... je ne sais pas quoi dire.

— Alors, bien sûr, nous faciliterons toutes vos démarches administratives pour le transfert.

— Le transfert ?

— Oui. Le poste est à Stockholm. Chez vous !

— Mais il est hors de question que je retourne en Suède. Je préfère l'ANPE à la Suède.

— Mais…

— Il n'y a pas de mais.

— Mais si, je crois que vous n'avez pas le choix. »

Markus ne prit pas la peine de répondre, et quitta le bureau sans un mot.

103

Le Cercle des Paradoxes

Créé fin 2003 dans l'objectif de faire découvrir l'ANDRH [1] aux praticiens RH non membres, le Cercle des Paradoxes réunit des DRH une fois par mois à la Maison des ressources humaines pour débattre d'une question qui interroge les DRH placés au cœur des contradictions de l'entreprise. Ces rencontres mensuelles se veulent intelligemment iconoclastes : on y traite d'un sujet sensible, sur un ton professionnel mais décalé. L'humour est le bienvenu, mais pas la langue de bois [2] !

1. Association nationale des directeurs de ressources humaines.
2. Thème du mardi 13 janvier 2009 : « La reconnaissance en temps de crise : priorité à l'individuel ou au collectif ? » 18 h 30-20 h 30, ANDRH, 91 rue de Miromesnil, 75008 Paris.

Habituellement, Markus prenait son temps dans les couloirs. Il avait toujours considéré ces déplacements comme une pause. Il pouvait tout à fait se lever et dire : « Je vais me dégourdir les jambes » comme d'autres sortaient fumer une cigarette. Mais à cet instant, c'en était fini de toute nonchalance. Il fonçait. C'était si étrange de le voir avancer ainsi, comme propulsé par la fureur. Il était une voiture diesel dont on aurait trafiqué le moteur. Il y avait quelque chose de trafiqué chez lui : on avait touché ses fils sensibles, les nerfs qui vont droit au cœur.

Il entra brutalement dans le bureau de son patron. Charles dévisagea son employé, et posa instinctivement sa main sur sa joue. Markus resta planté au milieu de la pièce, contenant sa rage. Charles osa :

« Vous savez où elle est ?

— Non, je ne sais pas. Cessez de me demander tous où est Nathalie. Je ne sais pas.

— Je viens d'avoir les clients au téléphone. Ils sont furieux. Je n'en reviens pas qu'elle ait pu nous faire ça !

— Je la comprends parfaitement.

— Qu'est-ce que vous me voulez ?

— Je voulais vous dire deux choses.

— Rapidement. Je suis pressé.

— La première, c'est que je refuse votre proposition. C'est minable de votre part. Je ne sais pas comment vous allez pouvoir continuer à vous regarder dans un miroir.

— Qui vous dit que je me regarde ?

— Bon, je m'en fous de ce que vous faites ou non.

— Et la seconde ?

— Je démissionne. »

Charles resta stupéfait par la rapidité de réaction de cet homme. Il n'avait pas hésité un instant. Il refusait la proposition, et quittait la société. Comment avait-il pu si mal gérer la situation ? Et puis non. Peut-être que c'était ce qu'il voulait ? Les voir s'enfuir tous les deux, avec leur histoire navrante. Charles continuait d'observer Markus, et ne pouvait rien lire sur son visage. Car, sur le visage de Markus, il y avait ce type de rage qui fige. Qui anéantit toute expression lisible. Il se mit pourtant à marcher vers lui, lentement, avec une assurance démesurée. Comme porté par une force inconnue. Si bien que Charles ne put éviter d'avoir peur, réellement avoir peur.

« Maintenant que vous n'êtes plus mon patron... je peux... »

Markus ne termina pas sa phrase, il laissa son poing la finir à sa place. C'était la première fois qu'il frappait quelqu'un. Et il regretta de ne pas l'avoir fait plus tôt. D'avoir trop souvent cherché des mots pour régler des situations.

« Ça ne va pas ! Vous êtes fou ! » cria Charles.

Markus s'approcha à nouveau de lui, fit le geste de le frapper encore. Charles recula, terrifié. Il était assis dans un coin de son bureau. Et il demeura un long moment prostré dans cette position après le départ de Markus.

105

*Le 29 octobre 1960 dans la vie
de Muhammad Ali*

Il remporta, à Louisville,
son premier combat professionnel,
aux points contre Tunney Hunsaker.

106

En arrivant à la gare de Lisieux, Nathalie loua une voiture. Il y avait très longtemps qu'elle n'avait pas conduit. Elle craignait de ne pas retrouver les automatismes. La météo n'arrangeait rien, il commençait à pleuvoir. Mais elle ressentait une lassitude si intense qu'à cet instant rien ne pouvait l'effrayer. Elle roula de plus en plus vite, sur les petites routes, disant bonjour à la tristesse. La pluie gênait sa vision ; par moments, elle ne voyait presque plus rien.

C'est alors qu'il se passa quelque chose. L'éclair d'une seconde, comme ça, pendant le trajet. Elle revit la scène du baiser avec Markus. Au moment où l'image lui était apparue, elle n'était pas en train de penser à lui. Loin de là. La vision s'était imposée avec brutalité. Elle se mit à évoquer les moments partagés avec lui. Tout en continuant à rouler, elle commença à regretter d'être partie sans rien lui dire. Elle ne savait pas pourquoi elle n'y avait pas pensé. Sa fuite avait été si rapide. C'était bien la première fois qu'elle quittait le bureau de cette manière. Elle savait qu'elle n'y retournerait jamais, qu'une partie de sa vie s'arrêtait maintenant. Qu'il était temps de rouler. Pourtant, elle décida de s'arrêter dans une station-service. Elle sortit de la voiture, regarda autour d'elle. Elle ne reconnaissait rien. Elle s'était probablement trompée de chemin. La nuit tombait, c'était désert. Et la pluie achevait ce triptyque classique de l'imagerie du désespoir. Elle envoya un message à Markus. Juste pour lui dire où elle était. Deux minutes après, elle reçut : « Je prends le premier train pour Lisieux. Si tu es là : tant mieux. » Puis un second message aussitôt : « Et en plus, ça rime. »

107

Extrait du Baiser, *conte
de Guy de Maupassant*

Sais-tu d'où nous vient notre vraie puissance ? Du baiser, du seul baiser ! (…) Le baiser n'est qu'une préface, pourtant.

Markus descendit du train. Lui aussi, il était parti sans prévenir personne. Ils allaient se retrouver comme deux fugitifs. De l'autre côté du hall de la gare, il la vit, immobile. Il se mit à marcher vers elle, lentement, un peu comme dans un film. On pouvait facilement imaginer la musique qui accompagnerait cet instant. Ou alors du silence. Oui, ce serait bien du silence. On n'entendrait que leur respiration. On pourrait presque oublier la tristesse du décor. Salvador Dalí n'aurait jamais pu être inspiré par la gare de Lisieux. C'était vide et froid. Markus repéra une affiche présentant le musée consacré à Thérèse de Lisieux. Pendant qu'il avançait vers Nathalie, il pensa : « Tiens, c'est étrange, j'ai toujours pensé que Lisieux, c'était son nom de famille… » Oui, il pensait vraiment à ça. Et Nathalie était là, toute proche de lui. Avec ses lèvres du baiser. Mais son visage était fermé. Son visage était la gare de Lisieux.

Ils se dirigèrent vers la voiture. Nathalie s'installa à la place du conducteur, et Markus à la place du mort. Elle démarra. Ils n'avaient toujours pas échangé un mot. Ils ressemblaient à ces adolescents qui ne savent pas quoi se dire au premier rendez-vous. Markus n'avait aucune idée de l'endroit où il était, aucune idée de l'endroit où il allait. Il suivait

Nathalie et ça lui suffisait. Au bout d'un moment, ne supportant pas le vide, il décida d'appuyer sur le bouton de l'autoradio. Il était réglé sur radio Nostalgie. *L'Amour en fuite* d'Alain Souchon résonna alors dans la voiture.

« Oh c'est incroyable ! dit Nathalie.

— Quoi ?

— Mais cette chanson. C'est fou. C'est ma chanson. Et là… comme ça. »

Markus regarda l'autoradio avec bienveillance. Cette machine lui avait permis de renouer le dialogue avec Nathalie. Elle continuait de dire à quel point c'était étrange et fou. Qu'il s'agissait d'un signe. De quel signe ? Ça, Markus ne pouvait pas le savoir. Il était surpris de l'effet que cette chanson produisait sur sa compagne. Mais il connaissait les étrangetés de la vie, les hasards, les coïncidences. Les témoignages qui vous font douter de la rationalité. À la fin du morceau, elle demanda à Markus d'éteindre. Elle voulait rester suspendue à cet air qu'elle avait toujours tellement aimé. Qu'elle avait découvert avec le film, dernier volet des aventures d'Antoine Doinel. Elle était née à cette époque, et c'est un sentiment peut-être complexe à définir : mais elle se sentait issue de cet instant. Comme le fruit de cette mélodie. Son caractère de douceur, sa mélancolie parfois, sa légèreté, tout cela était parfaitement 1978. C'était sa chanson, c'était sa vie. Et elle n'en revenait pas d'un tel hasard.

Elle s'arrêta sur le bord de la route. L'obscurité empêchait Markus de voir où ils étaient. Ils descendirent. Il aperçut alors de grandes grilles, celles de l'entrée d'un cimetière. Puis il découvrit qu'elles n'étaient pas grandes mais immenses. Les mêmes qu'on aurait pu trouver devant une prison. Les morts sont des condamnés à perpétuité certes, mais on les imagine mal tenter de s'évader. Nathalie se mit alors à parler :

« François est enterré là. Il a passé son enfance dans la région.

— …

— Bien sûr qu'il ne m'avait rien dit. Il ne pensait pas qu'il allait mourir… mais je sais qu'il voulait être là… près de l'endroit où il avait grandi.

— Je comprends, souffla Markus.

— Tu sais, c'est drôle, mais moi aussi j'ai passé mon enfance ici. Quand on s'est rencontrés avec François, on a trouvé ça fou comme coïncidence. On aurait pu se croiser des centaines de fois pendant notre adolescence, mais on ne s'est jamais vus. Et c'est à Paris que nous nous sommes trouvés. Comme quoi… quand on doit rencontrer quelqu'un… »

Nathalie s'arrêta sur cette phrase. Mais cette phrase continua dans l'esprit de Markus. De qui parlait-elle ? De François, bien sûr. De lui aussi peut-être ? La double lecture du propos accentuait le symbole de la situation. C'était d'une intensité rare. Ils étaient là, tous les deux, côte à côte, à quelques mètres de la tombe de François. À quelques mètres du passé qui n'en finit pas de ne pas finir. La pluie tombait sur le visage de Nathalie, si bien qu'on ne pouvait pas discerner où étaient ses larmes. Markus, lui, les voyait. Il savait lire les larmes. Celles de Nathalie. Il s'approcha d'elle et la serra dans ses bras, comme pour encercler la souffrance.

109

Deuxième partie de L'Amour en fuite,
chanson d'Alain Souchon,
écoutée par Markus et Nathalie dans la voiture.

Nous, nous, on a pas tenu le coup.
Bou, bou, ça coule sur ta joue.
On se quitte et y a rien qu'on explique
C'est l'amour en fuite,
L'amour en fuite.
J'ai dormi, un enfant est venu dans la dentelle.
Partir, revenir, bouger, c'est le jeu des hirondelles.
À peine installé, je quitte le deux-pièces cuisine.
On peut s'appeler Colette, Antoine ou Sabine.
Toute ma vie, c'est courir après des choses qui se
    sauvent :
Des jeunes filles parfumées, des bouquets de pleurs,
    des roses.
Ma mère aussi mettait derrière son oreille
Une goutte de quelque chose qui sentait pareil.

110

Ils reprirent la route. Markus fut surpris par le
nombre de virages. En Suède, les routes sont droites ;

elles mènent vers une destination que l'on voit. Il se laissa bercer par le tournis, sans oser demander à Nathalie où ils allaient. Est-ce que ça comptait vraiment ? C'était commun de le dire, mais il était prêt à la suivre au bout du monde. Savait-elle au moins vers où elle roulait ? Peut-être voulait-elle juste foncer dans la nuit. Rouler comme on veut se faire oublier.

Elle s'arrêta finalement. Cette fois devant une petite grille. Était-ce le thème de leur errance ? Variation des grilles. Elle descendit pour aller l'ouvrir, puis remonta en voiture. Dans l'esprit de Markus, chaque mouvement semblait important, se détachait d'une manière autonome, puisque c'est ainsi que l'on vit les détails d'une mythologie personnelle. La voiture roula le long d'un chemin étroit, pour s'arrêter devant une maison.

« Nous sommes chez Madeleine, ma grand-mère. Elle vit seule depuis la mort de mon grand-père.

— D'accord. Ça me fait plaisir de la rencontrer », répondit Markus poliment.

Nathalie frappa à la porte, une fois, deux fois, puis un peu plus fort. Toujours rien : « Elle est un peu sourde. Le mieux c'est de faire le tour. Elle est sûrement dans le salon, et nous verra par la fenêtre. »

Pour contourner la maison, il fallait emprunter un chemin rendu tout boueux par la pluie. Markus s'accrocha à Nathalie. Il n'y voyait pas grand-chose. Peut-être s'était-elle trompée de côté ? Entre la maison et les feuillages truffés de ronces, il n'y avait pratiquement pas de place pour passer. Nathalie dérapa, entraînant Markus dans sa chute. Ils étaient maintenant couverts de boue et trempés. On avait vu des expéditions plus glorieuses, mais celle-ci devenait risible. Nathalie annonça :

« Le mieux, c'est qu'on finisse à quatre pattes.

— C'est sympa de te suivre », dit Markus.

Enfin arrivés de l'autre côté, ils virent la petite mamie assise devant son feu de cheminée. Elle ne faisait rien. Cette image surprit vraiment Markus. Cette façon d'être là, dans l'attente, presque dans l'oubli de soi. Nathalie frappa à la fenêtre, et, cette fois, sa grand-mère entendit. Elle s'illumina aussitôt, et se précipita pour ouvrir la fenêtre.

« Oh ma chérie… qu'est-ce que tu fais là ? Quelle belle surprise !

— Je voulais te voir… et pour ça il faut faire le tour.

— Oui, je sais. Je suis désolée, tu n'es pas la première ! Venez, je vais vous ouvrir.

— Non, on va passer par la fenêtre. C'est mieux. »

Ils enjambèrent la fenêtre, et furent enfin à l'abri.

Nathalie présenta Markus à sa grand-mère. Celle-ci passa la main sur son visage, puis se retourna vers sa petite-fille en disant : « Il a l'air gentil. » Markus se fendit alors d'un grand sourire, comme pour confirmer : oui, c'est vrai, je suis gentil. Madeleine enchaîna :

« Je crois que j'ai connu moi aussi un Markus il y a longtemps. Ou c'était peut-être un Paulus… ou un Charlus… enfin quelque chose qui se terminait en us… mais je ne me souviens pas très bien… »

Il y eut un silence gêné. Qu'entendait-elle par « j'ai connu » ? Nathalie, souriante, se colla tout contre sa

196

grand-mère. En les observant, Markus pouvait imaginer Nathalie petite fille. Les années 80 étaient là, avec eux. Au bout d'un moment, il demanda :

« Où est-ce qu'on peut se laver les mains ?

— Ah oui. Viens avec moi. »

Elle prit sa main tachée de boue, et le guida à vive allure vers la salle de bains.

Oui c'était ça, le côté petite fille qu'évoquait Markus. Cette façon de courir. Cette façon de vivre la prochaine minute avant celle du présent. Quelque chose d'effréné. Ils étaient maintenant devant les deux lavabos côte à côte. En se lavant, ils se sourirent presque idiotement. Il y avait des bulles, beaucoup de bulles, mais ce n'étaient pas des bulles de nostalgie. Markus pensa : c'est le plus beau lavage de mains de ma vie.

Ils devaient se changer. Pour Nathalie, c'était simple. Elle avait des affaires dans sa chambre. Madeleine demanda à Markus :

« Vous avez des habits de rechange ?

— Non. Nous sommes partis comme ça.

— Sur un coup de tête ?

— Oui sur un coup de tête, c'est ça. »

Nathalie trouva qu'ils avaient l'air heureux tous les deux d'avoir employé cette expression de « coup de tête ». Ils semblaient excités à l'idée d'un mouvement non prémédité. La grand-mère proposa à Markus d'aller fouiller dans l'armoire de son mari. Elle le guida au fond d'un couloir, et le laissa seul choisir ce qu'il voulait. Quelques minutes plus tard, il apparut avec un costume mi-beige mi-couleur inconnue. Le col de sa chemise était si vaste qu'on avait l'impression que son cou était en train de se noyer. Cet accoutrement incongru n'entravait en rien sa bonne humeur. Il semblait heureux de se retrouver habillé ainsi et songea même : je flotte là-dedans, mais je me sens bien. Nathalie partit d'un fou rire qui provoqua quelques larmes. Les larmes du rire coulèrent sur les joues à peine sèches de celles de la douleur. Madeleine s'approcha de lui, mais on sentait qu'elle avançait davantage vers le costume que vers l'homme. Derrière chaque pli, il y avait le souvenir d'une vie. Elle resta un instant près de son invité surprise, sans bouger.

111

Les grands-mères, peut-être parce qu'elles ont connu la guerre, ont toujours de quoi faire manger les petites filles qui débarquent en pleine soirée avec un Suédois.

« J'espère que vous n'avez pas mangé. J'ai fait de la soupe.

— Ah oui ? À quoi ? demanda Markus.

— C'est la soupe du vendredi. Je ne peux pas vous expliquer. Nous sommes vendredi, alors c'est la soupe du vendredi.

— C'est une soupe sans cravate », conclut Markus.

Nathalie s'approcha alors de lui :

« Mamie, ça lui arrive de dire des choses bizarres. Il ne faut pas que tu t'inquiètes.

— Oh moi, tu sais, je ne me suis pas inquiétée depuis 1945. Alors ça va. Allez, installez-vous. »

Madeleine était pleine de vitalité. Il y avait un vrai décalage entre l'énergie déployée pour préparer le dîner et la vision initiale de cette vieille femme assise devant le feu. Cette visite lui procurait un appétit de mouvements. Elle s'affairait en cuisine, ne voulant surtout pas d'aide. Nathalie et Markus étaient attendris par l'excitation de cette petite souris. Tout paraissait si loin maintenant : Paris, la société, les dossiers. Le temps aussi s'échappait : le début d'après-midi au bureau était un souvenir en noir et blanc. Seul le nom de la soupe « vendredi » leur permettait de rester un peu ancrés dans la réalité des jours.

Le dîner se déroula simplement. En silence. Chez les grands-parents, le bonheur émerveillé de voir leurs petits-enfants ne s'accompagne pas forcément de longues tirades. On se demande comment on va, et très vite on repose dans le plaisir simple d'être ensemble. Après le dîner, Nathalie aida sa grand-mère à faire la vaisselle. Elle se demanda : pourquoi ai-je oublié à quel point c'est doux d'être ici ? C'était comme si tous ses bonheurs récents avaient aussitôt été condamnés à l'amnésie. Elle savait qu'elle avait maintenant la force de retenir celui-là.

Dans le salon, Markus fumait un cigare. Lui qui supportait à peine la cigarette avait voulu faire plaisir à Madeleine. « Elle adore que les hommes fument le cigare après le repas. Ne cherche pas à comprendre. Tu lui fais plaisir, c'est tout », avait chuchoté Nathalie au moment où Markus avait dû répondre à l'invitation de la volute. Il avait alors énoncé une grande envie de cigare, surjouant assez mal son enthousiasme, mais Madeleine n'y avait vu que du feu. Ainsi, Markus jouait au patron dans une maison normande. Il fut surpris d'une chose : il n'avait pas mal à la tête. Pire, il commençait à apprécier le goût du cigare. La virilité s'asseyait en lui, à peine surprise d'être là. Il éprouvait ce sentiment paradoxal de saisir violemment la vie par des bouffées éphémères. Avec ce cigare, il était Markus le Magnifique.

Madeleine était heureuse de voir le sourire de sa petite-fille. Elle avait tellement pleuré lors de la mort de François : pas une seule journée ne passait sans qu'elle y pense. Madeleine avait connu de nombreux drames dans sa vie, mais celui-ci avait été le plus violent. Elle savait qu'il fallait avancer, que la vie consistait surtout à continuer de vivre. Alors ce moment la soulageait profondément. Pour ne rien gâcher, elle éprouvait une réelle sympathie instinctive pour ce Suédois :

« Il a bon fond.

— Ah bon, comment tu vois ça ?

— Je le sens. D'instinct. Son fond est merveilleux. »

Nathalie embrassa sa grand-mère encore une fois. Il était temps d'aller se coucher. Markus éteignit son cigare en disant à Madeleine : le sommeil est un chemin qui mène à la soupe du lendemain.

Madeleine dormait en bas, car monter les escaliers lui était devenu pénible. Les autres chambres

se trouvaient à l'étage. Nathalie regarda Markus :
« Elle ne pourra pas nous déranger, comme ça. »
Cette phrase pouvait tout vouloir signifier, allusion
sexuelle ou simple donnée pragmatique : demain
matin, on pourra dormir tranquillement. Markus ne
voulait pas réfléchir. Allait-il, oui ou non, dormir
avec elle ? Il le désirait bien sûr, mais il comprit
qu'il fallait monter les marches de l'escalier sans
même y penser. Une fois en haut, il fut à nouveau
frappé par l'étroitesse. Après le chemin emprunté
par la voiture, après le second chemin pour contourner la maison, c'était la troisième fois qu'il se
sentait à l'étroit. Dans cet étrange couloir, il y avait
plusieurs portes, comme autant de chambres. Nathalie fit un aller-retour, sans rien dire. Il n'y avait
plus d'électricité à cet étage. Elle alluma les deux
bougies qui étaient sur une petite table. Son visage
était orange, mais plutôt lever de soleil que coucher. Elle aussi hésitait, elle hésitait vraiment. Elle
savait que c'était à elle de prendre la décision. Elle
regarda le feu, droit dans les yeux. Puis elle ouvrit
une porte.

112

Charles referma la porte. Il était dans un état
second, et aurait pu créer un état troisième, tant il se
sentait loin de son corps. Avec les coups reçus dans
la journée, il avait mal au visage. Il savait bien qu'il
avait été minable, et qu'il risquait gros si on appre-

nait en haut lieu suédois qu'il avait voulu muter un employé pour convenances personnelles. Mais bon, il y avait peu de chances pour que ça se sache. Il était persuadé qu'on ne les reverrait pas. Leur fuite avait le goût du définitif. Et c'était sûrement ça qui le blessait plus que tout. Ne plus jamais voir Nathalie. Tout était sa faute. Il avait agi d'une manière folle et s'en voulait tellement. Il voulait juste la voir une seconde, tenter de se faire pardonner, tenter de s'extraire du pathétique. Il voulait trouver enfin les mots qu'il avait tant cherchés. Vivre dans un monde où on lui laisserait encore une chance d'être aimé de Nathalie, un monde d'amnésie affective où il pourrait encore la rencontrer pour la première fois.

Il avançait maintenant dans son salon. Et, vision inamovible, se retrouva devant sa femme sur le canapé. Cette scène du soir était un musée avec un tableau unique.

« Ça va ? souffla-t-il.

— Oui ça va. Et toi ?

— Tu ne t'es pas inquiétée ?

— Pourquoi ?

— Mais pour cette nuit.

— Ben non... qu'est-ce qui s'est passé cette nuit ? »

Laurence n'avait pratiquement pas tourné la tête. Charles avait parlé au cou de sa femme. Il venait de comprendre qu'elle n'avait même pas remarqué son absence de la nuit précédente. Qu'il n'y avait aucune différence entre lui et le vide. C'était abyssal. Il voulut la frapper : équilibrer le compte des agressions de la journée. Lui rendre au moins une des baffes qu'il avait reçues, mais sa main resta un instant en suspens. Il se mit à l'observer. Sa main était là, en l'air, esseulée. Il comprit subitement qu'il n'en pouvait plus de manquer d'amour, qu'il étouffait de vivre dans un monde desséché. Personne ne le prenait jamais dans ses bras, personne ne manifestait jamais le moindre signe d'affection à son égard. Pourquoi était-ce ainsi ? Il avait oublié l'existence de la douceur. Il était exclu de la délicatesse.

Sa main redescendit lentement, et il la posa sur la chevelure de sa femme. Il se sentit ému, réellement ému, sans trop savoir pourquoi surgissait ainsi une telle émotion. Il se dit que sa femme avait de beaux cheveux. C'était peut-être ça. Il descendit encore sa main, pour toucher sa nuque. Sur certaines sentinelles de sa peau, il pouvait sentir le vestige de ses baisers passés. Les souvenirs de son ardeur. Il voulait faire de la nuque de sa femme le point de départ de toute la reconquête de son corps. Il fit le tour du canapé pour se positionner devant elle. Il se mit à genoux, et tenta de l'embrasser.

« Qu'est-ce que tu fais ? demanda-t-elle d'une voix pâteuse.

— J'ai envie de toi.

— Maintenant ?

— Oui maintenant.

— Tu me prends au dépourvu.

— Alors quoi ? Il faut solliciter un rendez-vous pour t'embrasser.

— Non… tu es bête.

— Et tu sais ce qui serait bien aussi ?

« — Non ?

— Qu'on parte à Venise. Oui, je vais organiser ça... on va partir un week-end... tous les deux... ça nous fera du bien...

— ... Tu sais que j'ai le mal de mer.

— Et alors ? Ce n'est pas grave... Venise, on y va en avion.

— Je dis ça pour les gondoles. C'est dommage si on ne peut pas faire de gondole. Tu ne trouves pas ? »

113

Pensée d'un second philosophe polonais

Seules les bougies connaissent le secret de l'agonie.

114

Nathalie entra dans la chambre où elle avait l'habitude de dormir. Elle avançait à la lueur des bougies, mais aurait très bien pu progresser dans le noir tant elle connaissait les moindres recoins de la pièce. Elle guidait Markus, qui la suivait, la tenant par les hanches. C'était l'obscurité la plus lumineuse de sa vie. Il avait peur que son bonheur, en devenant si vif, ne le prive de toute capacité. Il n'est pas rare que l'excès d'excitation paralyse. Il ne fallait pas y penser, simplement se laisser porter par chaque seconde. Chaque souffle comme un monde. Nathalie posa les bougies sur la table de chevet. Ils se retrouvèrent, face à face, dans le mouvement émouvant des ombres.

Elle posa la tête sur son épaule, il lui caressa les cheveux. Ils auraient pu rester ainsi. Ils vivaient une histoire à dormir debout. Mais il faisait si froid. C'était aussi le froid de l'absence ; plus personne ne venait ici. C'était comme un endroit qu'il fallait reconquérir, où il fallait ajouter du souvenir au souvenir. Ils s'allongèrent sous les couvertures. Markus continuait, inlassablement, à caresser les cheveux de Nathalie. Il les aimait tellement, il voulait les connaître un par un, savoir leur histoire et leur pensée. Il voulait partir en voyage dans ses cheveux. Nathalie se sentait bien avec la délicatesse de cet homme qui veillait à ne pas brusquer la situation. Pourtant, il était entreprenant. Il la déshabillait à présent, et son cœur battait d'une force inconnue.

Elle était nue maintenant, collée contre lui. Son émotion était si forte que ses mouvements ralentirent. Une lenteur qui prenait presque la forme d'un recul. Il se laissait grignoter par l'immense appréhension, devenait brouillon. Elle aima ces instants où il était maladroit, où il hésitait. Elle comprenait qu'elle avait voulu cela plus que tout, retrouver les hommes par un homme qui ne soit pas forcément un habitué des femmes. Qu'ils redécouvrent ensemble le mode d'emploi de la tendresse. Il y avait quelque chose de très reposant dans l'idée d'être avec lui. C'était peut-être orgueilleux ou superficiel, mais il lui semblait que cet homme serait toujours heureux d'être avec elle. Elle avait le sentiment que leur couple serait d'une stabilité extrême. Que rien ne pourrait arriver. Que leur équation physique était un antidote à la mort. Tout ça, elle le pensait par bribes, sans être bien certaine. Elle savait juste que c'était le moment, et que dans ces situations, c'est toujours le corps qui décide. Il était sur elle maintenant. Elle s'agrippait.

Des larmes coulèrent le long de ses tempes. Il embrassa ses larmes.

Et de ses baisers naquirent d'autres larmes aussi, les siennes cette fois-ci.

115

Début du septième chapitre de Marelle
de Julio Cortázar,
livre lu par Nathalie au début de ce roman

« Je touche tes lèvres, je touche d'un doigt le bord de tes lèvres, je dessine ta bouche comme si elle naissait de ma main, comme si elle s'entrouvrait pour la première fois, et il me suffit de fermer les yeux pour tout défaire et tout recommencer, je fais naître chaque fois la bouche que je désire, la bouche que ma main choisit et dessine sur ton visage, une bouche choisie entre toutes, choisie par moi avec une souveraine liberté pour la dessiner de ma main sur ton visage et qui, par un hasard que je ne cherche pas à comprendre, coïncide exactement avec ta bouche qui sourit sous la bouche que ma main te dessine. »

116

Le petit matin était déjà là. On aurait pu croire que la nuit n'avait pas existé. Nathalie et Markus avaient alterné les moments d'éveil et d'assoupissement, mélangeant ainsi les frontières entre le rêve et la réalité.

« J'aimerais bien qu'on descende dans le jardin, dit Nathalie.

— Maintenant ?

— Oui, tu verras. Quand j'étais petite, j'y allais toujours le matin. Il y a une atmosphère étrange à l'aube. »

Ils se levèrent rapidement, et s'habillèrent lentement[1]. En se regardant, en se découvrant sous la lumière froide. C'était simple. Ils descendirent l'escalier sans faire de bruit, pour ne pas réveiller Madeleine. Précaution inutile, car elle ne dormait presque pas quand elle avait de la visite. Mais elle n'allait pas les déranger. Elle savait le goût de Nathalie pour le

---

1. Ce fut peut-être le contraire.

207

calme des matins dans le jardin (chacun ses rituels). Par tous les temps, chaque fois qu'elle venait ici, elle allait s'asseoir sur le banc dès qu'elle ouvrait les yeux. Ils étaient dehors. Nathalie s'arrêta pour observer chaque détail. La vie pouvait avancer, la vie pouvait saccager, mais ici rien ne bougeait : la sphère de l'immuable.

Ils s'assirent. Il y avait cet émerveillement réel entre eux, celui du plaisir physique. Quelque chose qui était le merveilleux des contes, des instants volés à la perfection. Des minutes que l'on grave dans sa mémoire au moment même où on les vit. Des secondes qui sont notre future nostalgie. « Je me sens bien », souffla Nathalie, et Markus fut réellement heureux. Elle se leva. Il la regarda marcher devant les fleurs et devant les arbres. Elle fit quelques allers-retours lents, rêverie douce, en laissant sa main toucher tout ce qui passait à sa portée. Son rapport à la nature était ici d'une grande intimité. Puis elle s'arrêta. Tout contre un arbre.

« Quand je jouais à cache-cache avec mes cousins, il fallait se mettre contre cet arbre pour compter. C'était long. On comptait jusqu'à 117.

— Pourquoi 117 ?

— Je ne sais pas ! On avait décidé de ce chiffre, comme ça.

— Tu veux qu'on joue maintenant ? » proposa Markus.

Nathalie lui adressa un sourire. Elle adorait qu'il puisse lui proposer de jouer. Elle prit position contre l'arbre, ferma les yeux, et se mit à compter. Markus partit en quête d'une bonne cachette. Une ambition vaine : c'était le domaine de Nathalie. Elle devait connaître les meilleurs endroits. En cherchant, il pensa à tous ses coins où elle avait déjà dû se cacher. Il marchait à travers les âges de Nathalie. À sept ans, elle avait dû se mettre derrière cet arbre. À douze ans, elle s'était sûrement enfouie dans ce buisson. Adolescente, elle avait rejeté les jeux de son enfance, était passée devant les ronces en boudant. Et l'été suivant, c'était en jeune femme qu'elle s'était assise sur ce banc, rêveuse et poétesse, l'espoir romantique au cœur. Sa vie de jeune femme avait laissé des traces à plusieurs endroits, et peut-être même avait-elle fait l'amour derrière ces fleurs ? François avait couru derrière elle, tentant de lui arracher sa chemise de nuit, sans faire trop de bruit pour ne pas réveiller ses grands-parents, les traces d'une course effrénée et silencieuse à travers le jardin. Et puis il l'avait attrapée. Elle avait tenté de se débattre, sans paraître très crédible. Elle avait tourné la tête, en rêvant de ses baisers. Ils avaient roulé, et puis elle s'était retrouvée seule. Où était-il ? Est-ce qu'il se cachait quelque part ? Il n'était plus là. Il ne serait plus jamais là. À cet endroit, il n'y avait plus d'herbe. Nathalie avait tout arraché de rage. Ici, elle était restée prostrée pendant des heures, et les tentatives de sa grand-mère pour la faire rentrer n'y avaient rien changé. Markus, en marchant à cet endroit précis, piétinait sa douleur. Il traversait les larmes de son amour. En continuant à chercher sa cachette, il marcherait aussi sur tous les endroits où Nathalie irait, plus tard. Ici et là, il était émouvant d'imaginer la femme âgée qu'elle serait.

C'est ainsi, au cœur de toutes les Nathalie, que Markus trouva un endroit pour se cacher. Il se fit le plus petit possible. Chose étrange pour ce jour où il se sentait grand comme jamais. Partout dans son corps, les pulsions de l'immensité s'éveillaient. Une fois en place, il se mit à sourire. Il était heureux de l'attendre, si heureux d'attendre qu'elle le découvre.

117

Nathalie ouvrit les yeux.

FIN

DU MÊME AUTEUR

Aux Éditions Gallimard

INVERSION DE L'IDIOTIE
ENTRE LES OREILLES
LE POTENTIEL ÉROTIQUE DE MA FEMME (Folio n° 4278)
QUI SE SOUVIENT DE DAVID FOENKINOS?
NOS SÉPARATIONS (Folio n° 5425)
LA DÉLICATESSE (Folio n° 5177)
LES SOUVENIRS (Folio n° 5513)
JE VAIS MIEUX (Folio n° 5785)
CHARLOTTE

Dans la collection Écoutez lire

LA DÉLICATESSE

Aux Éditions Flammarion

EN CAS DE BONHEUR (J'ai Lu)
CÉLIBATAIRES, théâtre
LA TÊTE DE L'EMPLOI (J'ai Lu)

Aux Éditions Grasset

LES CŒURS AUTONOMES (Le Livre de Poche n° 32 650)

Aux Éditions Plon

LENNON (J'ai Lu)

Aux Éditions Albin Michel Jeunesse

LE PETIT GARÇON QUI DISAIT TOUJOURS NON, en
collaboration avec Soledad Bravi
LE SAULE PLEUREUR DE BONNE HUMEUR, en collaboration avec Soledad Bravi

COLLECTION FOLIO

Dernières parutions

5456. Italo Calvino — *Le sentier des nids d'araignées*
5457. Italo Calvino — *Le vicomte pourfendu*
5458. Italo Calvino — *Le baron perché*
5459. Italo Calvino — *Le chevalier inexistant*
5460. Italo Calvino — *Les villes invisibles*
5461. Italo Calvino — *Sous le soleil jaguar*
5462. Lewis Carroll — *Misch-Masch* et autres textes de jeunesse
5463. Collectif — *Un voyage érotique. Invitation à l'amour dans la littérature du monde entier*
5464. François de La Rochefoucauld — *Maximes* suivi de *Portrait de de La Rochefoucauld par lui-même*
5465. William Faulkner — *Coucher de soleil* et autres Croquis de La Nouvelle-Orléans
5466. Jack Kerouac — *Sur les origines d'une génération* suivi de *Le dernier mot*
5467. Liu Xinwu — *La Cendrillon du canal* suivi de *Poisson à face humaine*
5468. Patrick Pécherot — *Petit éloge des coins de rue*
5469. George Sand — *Le château de Pictordu*
5470. Montaigne — *Sur l'oisiveté* et autres Essais en français moderne
5471. Martin Winckler — *Petit éloge des séries télé*
5472. Rétif de La Bretonne — *La Dernière aventure d'un homme de quarante-cinq ans*
5473. Pierre Assouline — *Vies de Job*
5474. Antoine Audouard — *Le rendez-vous de Saigon*
5475. Tonino Benacquista — *Homo erectus*
5476. René Fregni — *La fiancée des corbeaux*

5477. Shilpi Somaya Gowda   *La fille secrète*
5478. Roger Grenier   *Le palais des livres*
5479. Angela Huth   *Souviens-toi de Hallows Farm*
5480. Ian McEwan   *Solaire*
5481. Orhan Pamuk   *Le musée de l'Innocence*
5482. Georges Perec   *Les mots croisés*
5483. Patrick Pécherot   *L'homme à la carabine. Esquisse*
5484. Fernando Pessoa   *L'affaire Vargas*
5485. Philippe Sollers   *Trésor d'Amour*
5487. Charles Dickens   *Contes de Noël*
5488. Christian Bobin   *Un assassin blanc comme neige*
5490. Philippe Djian   *Vengeances*
5491. Erri De Luca   *En haut à gauche*
5492. Nicolas Fargues   *Tu verras*
5493. Romain Gary   *Gros-Câlin*
5494. Jens Christian
      Grøndahl   *Quatre jours en mars*
5495. Jack Kerouac   *Vanité de Duluoz. Une éduca-*
      tion aventureuse 1939-1946
5496. Atiq Rahimi   *Maudit soit Dostoïevski*
5497. Jean Rouaud   *Comment gagner sa vie honnê-*
      tement. La vie poétique, I
5498. Michel Schneider   *Bleu passé*
5499. Michel Schneider   *Comme une ombre*
5500. Jorge Semprun   *L'évanouissement*
5501. Virginia Woolf   *La Chambre de Jacob*
5502. Tardi-Pennac   *La débauche*
5503. Kris et
      Étienne Davodeau   *Un homme est mort*
5504. Pierre Dragon et
      Frederik Peeters   *R G Intégrale*
5505. Erri De Luca   *Le poids du papillon*
5506. René Belleto   *Hors la loi*
5507. Roberto Calasso   *K.*
5508. Yannik Haenel   *Le sens du calme*
5509. Wang Meng   *Contes et libelles*
5510. Julian Barnes   *Pulsations*
5511. François Bizot   *Le silence du bourreau*

5512. John Cheever *L'homme de ses rêves*
5513. David Foenkinos *Les souvenirs*
5514. Philippe Forest *Toute la nuit*
5515. Éric Fottorino *Le dos crawlé*
5516. Hubert Haddad *Opium Poppy*
5517. Maurice Leblanc *L'Aiguille creuse*
5518. Mathieu Lindon *Ce qu'aimer veut dire*
5519. Mathieu Lindon *En enfance*
5520. Akira Mizubayashi *Une langue venue d'ailleurs*
5521. Jón Kalman
       Stefánsson *La tristesse des anges*
5522. Homère *Iliade*
5523. E.M. Cioran *Pensées étranglées* précédé du
       Mauvais démiurge
5524. Dôgen *Corps et esprit. La Voie du zen*
5525. Maître Eckhart *L'amour est fort comme la mort
       et autres textes*
5526. Jacques Ellul *«Je suis sincère avec moi-
       même»* et autres lieux com-
       muns
5527. Liu An *Du monde des hommes. De l'art
       de vivre parmi ses sem-
       blables.*
5528. Sénèque *De la providence* suivi de *Lettres
       à Lucilius (lettres 71 à 74)*
5529. Saâdi *Le Jardin des Fruits. Histoires
       édifiantes et spirituelles*
5530. Tchouang-tseu *Joie suprême* et autres textes
5531. Jacques de Voragine *La Légende dorée. Vie et
       mort de saintes illustres*
5532. Grimm *Hänsel et Gretel* et autres contes
5533. Gabriela Adameşteanu *Une matinée perdue*
5534. Eleanor Catton *La répétition*
5535. Laurence Cossé *Les amandes amères*
5536. Mircea Eliade *À l'ombre d'une fleur de lys...*
5537. Gérard Guégan *Fontenoy ne reviendra plus*
5538. Alexis Jenni *L'art français de la guerre*
5539. Michèle Lesbre *Un lac immense et blanc*
5540. Manset *Visage d'un dieu inca*

5541. Catherine Millot — *O Solitude*
5542. Amos Oz — *La troisième sphère*
5543. Jean Rolin — *Le ravissement de Britney Spears*
5544. Philip Roth — *Le rabaissement*
5545. Honoré de Balzac — *Illusions perdues*
5546. Guillaume Apollinaire — *Alcools*
5547. Tahar Ben Jelloun — *Jean Genet, menteur sublime*
5548. Roberto Bolaño — *Le Troisième Reich*
5549. Michaël Ferrier — *Fukushima. Récit d'un désastre*
5550. Gilles Leroy — *Dormir avec ceux qu'on aime*
5551. Annabel Lyon — *Le juste milieu*
5552. Carole Martinez — *Du domaine des Murmures*
5553. Éric Reinhardt — *Existence*
5554. Éric Reinhardt — *Le système Victoria*
5555. Boualem Sansal — *Rue Darwin*
5556. Anne Serre — *Les débutants*
5557. Romain Gary — *Les têtes de Stéphanie*
5558. Tallemant des Réaux — *Historiettes*
5559. Alan Bennett — *So shocking !*
5560. Emmanuel Carrère — *Limonov*
5561. Sophie Chauveau — *Fragonard, l'invention du bonheur*
5562. Collectif — *Lecteurs, à vous de jouer !*
5563. Marie Darrieussecq — *Clèves*
5564. Michel Déon — *Les poneys sauvages*
5565. Laura Esquivel — *Vif comme le désir*
5566. Alain Finkielkraut — *Et si l'amour durait*
5567. Jack Kerouac — *Tristessa*
5568. Jack Kerouac — *Maggie Cassidy*
5569. Joseph Kessel — *Les mains du miracle*
5570. Laure Murat — *L'homme qui se prenait pour Napoléon*
5571. Laure Murat — *La maison du docteur Blanche*
5572. Daniel Rondeau — *Malta Hanina*
5573. Brina Svit — *Une nuit à Reykjavík*
5574. Richard Wagner — *Ma vie*
5575. Marlena de Blasi — *Mille jours en Toscane*

5577. Benoît Duteurtre — *L'été 76*
5578. Marie Ferranti — *Une haine de Corse*
5579. Claude Lanzmann — *Un vivant qui passe*
5580. Paul Léautaud — *Journal littéraire. Choix de pages*
5581. Paolo Rumiz — *L'ombre d'Hannibal*
5582. Colin Thubron — *Destination Kailash*
5583. J. Maarten Troost — *La vie sexuelle des cannibales*
5584. Marguerite Yourcenar — *Le tour de la prison*
5585. Sempé-Goscinny — *Les bagarres du Petit Nicolas*
5586. Sylvain Tesson — *Dans les forêts de Sibérie*
5587. Mario Vargas Llosa — *Le rêve du Celte*
5588. Martin Amis — *La veuve enceinte*
5589. Saint Augustin — *L'Aventure de l'esprit*
5590. Anonyme — *Le brahmane et le pot de farine*
5591. Simone Weil — *Pensées sans ordre concernant l'amour de Dieu*
5592. Xun zi — *Traité sur le Ciel*
5593. Philippe Bordas — *Forcenés*
5594. Dermot Bolger — *Une seconde vie*
5595. Chochana Boukhobza — *Fureur*
5596. Chico Buarque — *Quand je sortirai d'ici*
5597. Patrick Chamoiseau — *Le papillon et la lumière*
5598. Régis Debray — *Éloge des frontières*
5599. Alexandre Duval-Stalla — *Claude Monet - Georges Clemenceau : une histoire, deux caractères*
5600. Nicolas Fargues — *La ligne de courtoisie*
5601. Paul Fournel — *La liseuse*
5602. Vénus Khoury-Ghata — *Le facteur des Abruzzes*
5603. Tuomas Kyrö — *Les tribulations d'un lapin en Laponie*
5605. Philippe Sollers — *L'Éclaircie*
5606. Collectif — *Un oui pour la vie ?*
5607. Éric Fottorino — *Petit éloge du Tour de France*
5608. E.T.A. Hoffmann — *Ignace Denner*
5609. Frédéric Martinez — *Petit éloge des vacances*

5610. Sylvia Plath — *Dimanche chez les Minton et autres nouvelles*

5611. Lucien — *« Sur des aventures que je n'ai pas eues ». Histoire véritable*

5612. Julian Barnes — *Une histoire du monde en dix chapitres ½*

5613. Raphaël Confiant — *Le gouverneur des dés*

5614. Gisèle Pineau — *Cent vies et des poussières*

5615. Nerval — *Sylvie*

5616. Salim Bachi — *Le chien d'Ulysse*

5617. Albert Camus — *Carnets I*

5618. Albert Camus — *Carnets II*

5619. Albert Camus — *Carnets III*

5620. Albert Camus — *Journaux de voyage*

5621. Paula Fox — *L'hiver le plus froid*

5622. Jérôme Garcin — *Galops*

5623. François Garde — *Ce qu'il advint du sauvage blanc*

5624. Franz-Olivier Giesbert — *Dieu, ma mère et moi*

5625. Emmanuelle Guattari — *La petite Borde*

5626. Nathalie Léger — *Supplément à la vie de Barbara Loden*

5627. Herta Müller — *Animal du cœur*

5628. J.-B. Pontalis — *Avant*

5629. Bernhard Schlink — *Mensonges d'été*

5630. William Styron — *À tombeau ouvert*

5631. Boccace — *Le Décaméron. Première journée*

5632. Isaac Babel — *Une soirée chez l'impératrice*

5633. Saul Bellow — *Un futur père*

5634. Belinda Cannone — *Petit éloge du désir*

5635. Collectif — *Faites vos jeux !*

5636. Collectif — *Jouons encore avec les mots*

5637. Denis Diderot — *Sur les femmes*

5638. Elsa Marpeau — *Petit éloge des brunes*

5639. Edgar Allan Poe — *Le sphinx*

5640. Virginia Woolf — *Le quatuor à cordes*

5641. James Joyce — *Ulysse*

5642. Stefan Zweig — *Nouvelle du jeu d'échecs*

5643. Stefan Zweig — *Amok*
5644. Patrick Chamoiseau — *L'empreinte à Crusoé*
5645. Jonathan Coe — *Désaccords imparfaits*
5646. Didier Daeninckx — *Le Banquet des Affamés*
5647. Marc Dugain — *Avenue des Géants*
5649. Sempé-Goscinny — *Le Petit Nicolas, c'est Noël !*
5650. Joseph Kessel — *Avec les Alcooliques Anonymes*
5651. Nathalie Kuperman — *Les raisons de mon crime*
5652. Cesare Pavese — *Le métier de vivre*
5653. Jean Rouaud — *Une façon de chanter*
5654. Salman Rushdie — *Joseph Anton*
5655. Lee Seug-U — *Ici comme ailleurs*
5656. Tahar Ben Jelloun — *Lettre à Matisse*
5657. Violette Leduc — *Thérèse et Isabelle*
5658. Stefan Zweig — *Angoisses*
5659. Raphaël Confiant — *Rue des Syriens*
5660. Henri Barbusse — *Le feu*
5661. Stefan Zweig — *Vingt-quatre heures de la vie d'une femme*
5662. M. Abouet/C. Oubrerie — *Aya de Yopougon, 1*
5663. M. Abouet/C. Oubrerie — *Aya de Yopougon, 2*
5664. Baru — *Fais péter les basses, Bruno !*
5665. William S. Burroughs/ Jack Kerouac — *Et les hippopotames ont bouilli vifs dans leurs piscines*
5666. Italo Calvino — *Cosmicomics, récits anciens et nouveaux*
5667. Italo Calvino — *Le château des destins croisés*
5668. Italo Calvino — *La journée d'un scrutateur*
5669. Italo Calvino — *La spéculation immobilière*
5670. Arthur Dreyfus — *Belle Famille*
5671. Erri De Luca — *Et il dit*
5672. Robert M. Edsel — *Monuments Men*
5673. Dave Eggers — *Zeitoun*
5674. Jean Giono — *Écrits pacifistes*
5675. Philippe Le Guillou — *Le pont des anges*
5676. Francesca Melandri — *Eva dort*

5677. Jean-Noël Pancrazi · *La montagne*
5678. Pascal Quignard · *Les solidarités mystérieuses*
5679. Leïb Rochman · *À pas aveugles de par le monde*
5680. Anne Wiazemsky · *Une année studieuse*
5681. Théophile Gautier · *L'Orient*
5682. Théophile Gautier · *Fortunio. Partie carrée. Spirite*
5683. Blaise Cendrars · *Histoires vraies*
5684. David McNeil · *28 boulevard des Capucines*
5685. Michel Tournier · *Je m'avance masqué*
5686. Mohammed Aïssaoui · *L'étoile jaune et le croissant*
5687. Sebastian Barry · *Du côté de Canaan*
5688. Tahar Ben Jelloun · *Le bonheur conjugal*
5689. Didier Daeninckx · *L'espoir en contrebande*
5690. Benoît Duteurtre · *À nous deux, Paris !*
5691. F. Scott Fitzgerald · *Contes de l'âge du jazz*
5692. Olivier Frébourg · *Gaston et Gustave*
5693. Tristan Garcia · *Les cordelettes de Browser*
5695. Bruno Le Maire · *Jours de pouvoir*
5696. Jean-Christophe Rufin · *Le grand Cœur*
5697. Philippe Sollers · *Fugues*
5698. Joy Sorman · *Comme une bête*
5699. Avraham B. Yehoshua · *Rétrospective*
5700. Émile Zola · *Contes à Ninon*
5701. Vassilis Alexakis · *L'enfant grec*
5702. Aurélien Bellanger · *La théorie de l'information*
5703. Antoine Compagnon · *La classe de rhéto*
5704. Philippe Djian · *"Oh..."*
5705. Marguerite Duras · *Outside* suivi de *Le monde extérieur*
5706. Joël Egloff · *Libellules*
5707. Leslie Kaplan · *Millefeuille*
5708. Scholastique Mukasonga · *Notre-Dame du Nil*
5709. Scholastique Mukasonga · *Inyenzi ou les Cafards*
5710. Erich Maria Remarque · *Après*
5711. Erich Maria Remarque · *Les camarades*
5712. Jorge Semprun · *Exercices de survie*
5713. Jón Kalman Stefánsson · *Le cœur de l'homme*

5714. Guillaume Apollinaire   *« Mon cher petit Lou »*
5715. Jorge Luis Borges   *Le Sud*
5716. Thérèse d'Avila   *Le Château intérieur*
5717. Chamfort   *Maximes*
5718. Ariane Charton   *Petit éloge de l'héroïsme*
5719. Collectif   *Le goût du zen*
5720. Collectif   *À vos marques !*
5721. Olympe de Gouges   *« Femme, réveille-toi ! »*
5722. Tristan Garcia   *Le saut de Malmö*
5723. Silvina Ocampo   *La musique de la pluie*
5724. Jules Verne   *Voyage au centre de la terre*
5725. J. G. Ballard   *La trilogie de béton*
5726. François Bégaudeau   *Un démocrate : Mick Jagger 1960-1969*
5727. Julio Cortázar   *Un certain Lucas*
5728. Julio Cortázar   *Nous l'aimons tant, Glenda*
5729. Victor Hugo   *Le Livre des Tables*
5730. Hillel Halkin   *Melisande ! Que sont les rêves ?*
5731. Lian Hearn   *La maison de l'Arbre joueur*
5732. Marie Nimier   *Je suis un homme*
5733. Daniel Pennac   *Journal d'un corps*
5734. Ricardo Piglia   *Cible nocturne*
5735. Philip Roth   *Némésis*
5736. Martin Winckler   *En souvenir d'André*
5737. Martin Winckler   *La vacation*
5738. Gerbrand Bakker   *Le détour*
5739. Alessandro Baricco   *Emmaüs*
5740. Catherine Cusset   *Indigo*